D0351490

ONCLE VANIA

ANTON TCHEKHOV

Oncle Vania

Scènes de la vie de campagne
en quatre actes

TRADUCTION NOUVELLE ET PRÉFACE
DE TONIA GALIEVSKY ET BRUNO SERMONNE

Commentaires et notes de Patrice Pavis

LE LIVRE DE POCHE

Né en 1947, ancien élève de l'École Normale Supérieure de Saint-Cloud, agrégé et docteur d'État, Patrice Pavis est l'auteur du *Dictionnaire du théâtre* (Éditions Sociales, 2ᵉ éd., 1987), de *Voix et images de la scène* (P.U. Lille), de *Marivaux à l'épreuve de la scène* (Publications de la Sorbonne). Ses recherches et son enseignement à l'institut théâtral de la Sorbonne nouvelle portent sur la théorie du théâtre et la mise en scène contemporaine.

Patrice Davis est le commentateur de *Cyrano de Bergerac*, du *Jeu de l'amour et du hasard* et de *La Mouette* parus dans Le Livre de Poche.

© Librairie Générale Française, pour la traduction ,
la préface, les commentaires et les notes, 1996.

ISBN : 978-2-253-03992-1 - 1ʳᵉ publication - LGF

Note des traducteurs

Traduire, jouer, interpréter

Notre premier souci en traduisant Oncle Vania *aura d'abord été de restituer la vivacité de la langue parlée, en serrant au plus près le sens des mots russes que Tchékhov utilise. Ensuite, tout ce « non-dit », qui n'est pas directement l'affaire des mots, mais du jeu, il fallait non pas le traduire, mais lui aménager avec le texte français toutes les possibilités de liberté où il puisse s'articuler.*

Pas un mot, pas une réplique n'auront donc trouvé leur transcription en français, avant d'avoir été mis à l'épreuve de la parole jouée dans l'écho de la langue russe.

Peut-être fallait-il être deux à traduire pour que cet effet de réverbérance soit réinjecté dans l'écriture.

Ainsi, traduire, c'est pour nous jouer, donc interpréter et forcément trahir... par des tours de passe-passe, pour que justement quelque chose de Tchékhov « passe » dans notre langue.

Tonia GALIEVSKY, Bruno SERMONNE.

Préface

Un vaudeville du diable ?

Pan ! Raté ? J'ai encore raté mon coup ?
Ah ! que le diable... le diable, le diable
m'emporte !

Oncle Vania, acte III.

Du temps de Tchékhov, il y eut beaucoup de malentendus lorsqu'il s'est agi de
lui trouver une place. Ô ironie, le wagon
dans lequel voyagea son cercueil portait
l'inscription « Huîtres » !
Quelque chose de cet ordre arrive encore
aujourd'hui.

O. KREJČA.

C'est certainement un grand privilège pour un acteur
de jouer une pièce qu'il a lui-même traduite, donc forcément interprétée ; c'en est un encore plus grand quand
il s'agit de Tchékhov. Car justement l'art de l'acteur,
dans ce théâtre, se place tout naturellement en position
« d'interprète ». Ce privilège impose du même coup une
objectivité, une rigueur sans défaut, car la contradiction
toute tchékhovienne appelle en même temps une dispo-
sition à l'abandon, une vacance, une désinvolture, une
sorte de non-savoir souverain qu'il faudra miraculeuse-
ment faire surgir devant la présence réceptive du public.
C'est donc courir le risque de se retrouver, le plus souvent, de la position de privilégié dans celle de l'orphelin,
si toutes ces conditions contradictoires ne sont pas réu-
nies à chaque représentation.

Tous les soirs, le risque du pire ou du meilleur se

présente aux acteurs sous l'aspect d'un trac qui ne les quittera jamais durant toute la période où la pièce sera donnée. Cette insatisfaction, cette peur constante viennent peut-être de ce sentiment que la représentation ne sera jamais qu'une « ultime répétition ». La plus grande frustration étant, bien sûr, le jour de la dernière...

Depuis Stanislavsky, bien d'autres sont venus proposer leur version. D'autres viendront interpréter la pièce autrement, et encore d'autres jusqu'à la fin des fins... Contaminés et entraînés par l'ironie infernale de Tchékhov, laissons-nous aller à ne pas nous soucier de toutes les fausses traditions qui, de génération en génération, déposent leurs strates et servent inévitablement de référence à la critique dramatique officielle. Tchékhov, rebelle à la devanture culturelle, nous sollicite toujours du côté de la vie où l'érosion du temps fait craquer les discours idéologiques de cesdites générations.

Tchékhov sera toujours en avance sur ces innombrables et « ultimes répétitions de représentations », dont nous aurions quand même aimé retenir quelques-uns des instants les plus sublimes... mais n'est-ce pas précisément ces nostalgies que le rire de Tchékhov ruine constamment ? Malgré cela, et peut-être à cause de cela, pour cet auteur insituable, « la vieillerie théâtrale » devrait garder, dans chaque mise en scène nouvelle, cette part d'alchimie de l'instant qui rend ce théâtre si complexe et toujours aussi actuel.

Par des lapsus, des silences, des absences, avec une intuition et une science troublante de l'inconscient, on peut dire sans exagération que Tchékhov, en cette fin du XIXe siècle, fait figure dans la littérature — avec son contemporain August Strindberg — de « grand aventurier de l'esprit », car il réintroduit à sa manière dans le théâtre occidental encombré de rhétorique et de « psy-

chologies de colportage » les inquiétantes pulsions
archaïques qui fondèrent la puissance mythique du théâtre antique.

Bien entendu, Anton Tchékhov, avec sa modestie et
son ironie, ne prétend rien subvertir. Apparemment, il
ne dédaigne pas les vieux oripeaux de son époque, mais
subrepticement il aura ouvert un champ dans lequel
viendront fleurir bien des concepts de la modernité dans
l'art du théâtre.

Une malice, une feinte sous-tendent constamment le
dialogue tchékhovien.

Quel auteur aura su faire jouer aussi subtilement avec
chaque parole échangée et jusque dans le moindre détail
des indications scéniques, ce sentiment à la fois de
l'éphémère et du toujours pareil — la vieille comédie
humaine ?

Alors, un tour de passe-passe ? Un jeu de cache-
cache ? Une comédie ? Une farce ? Un vaudeville ? Une
tragédie ?... C'est sur ces questions que nous avons
voulu jouer à propos d'*Oncle Vania*.

Là où le désir sexuel prend l'allure d'une farce, et où
le malentendu tragique n'a même plus la valeur d'un
destin pour des personnages trop lucides, il ne reste que
le rire et les larmes du désespoir... Parce que c'est vraiment trop bête, trop grossier, trop sale, puisque « la
vraie vie est absente* » et que « c'est toujours comme ça
dans la vie » et qu'aucune médecine n'y pourra jamais
rien...

Le docteur Astrov boit. Plus il est ivre, plus il est
objectif. Il n'a pas de famille, lui. Mais il porte dans son
cœur une carte de l'Afrique, une sorte de patrie de la
forêt, le lieu le plus chaud du monde qu'aucun ventre de
femme ne saurait égaler. Ni pour l'un ni pour l'autre, il

* Arthur Rimbaud.

ne peut s'engager. Il désire Éléna. Il ne l'aime pas. Il fait même de curieuses découvertes psychologiques, le docteur Astrov : « Il me semble que si Éléna Andréièvna le voulait, eh bien, elle pourrait en un seul jour me faire tourner la tête... mais ce ne serait pas de l'amour ni de l'affection... *(Il se ferme les yeux avec sa main et tressaille).* » On dirait qu'il est en train de prendre conscience de quelque chose de terrible, il est tellement absorbé dans sa réflexion, que Sonia s'en étonne avec inquiétude : « Qu'avez-vous ? » Il semble profondément bouleversé : « C'est ça... Pendant le grand carême, j'ai eu un malade qui est mort sous le chloroforme. » C'est tout. Il n'en dira pas plus. On se souviendra qu'au début de la pièce, Astrov a déjà fait d'étranges confidences à la nourrice : « Je ne veux rien, je n'ai besoin de rien, je n'aime personne... A peine rentré chez moi, sans me laisser le temps de souffler, on m'amène un aiguilleur de chemin de fer... Je l'allonge sur la table pour l'opérer et voilà qu'il me fait le coup de mourir sous le chloroforme ! et justement, à ce moment précis, là où il ne le fallait pas, mes sentiments se sont réveillés avec ce petit pincement dans la conscience ! Comme si c'était moi qui avais voulu le tuer... » Surprenante révélation, à peine entrevue, dans le réveil du désir, pour Astrov ! : le désir sexuel et la pulsion meurtrière ne seraient qu'une seule et même chose ? On verra plus loin comment et sous quelle tournure comique, dérisoire, tout cela va s'orchestrer. Astrov serait le personnage préféré de Tchékhov ? Celui qui nous renseignerait le plus sur la personnalité de l'auteur ? Il sifflote quand oncle Vania pleurniche. Astrov et Vania se ressemblent, ils sont presque en miroir... Ils sont les plus intelligents, les plus lucides et pourtant aucun des personnages ne sera décidément jamais un porte-parole de l'auteur — humains, trop humains ! —, rien qu'humains, c'est-à-dire ratés, comme

Compagnie Pitoëff. Mise en scène de Georges Pitoëff.
(Comédie des Champs-Élysées, 1922.)

vous, comme moi, semble avoir diagnostiqué le docteur Tchékhov.

Essayons de saisir au vol, dans le désordre apparent du hasard, ce que le jeu des personnages nous cache et nous révèle. La pièce commence dans un jardin, sous un arbre, au début de l'automne. « Septembre déjà... » Quel étonnement douloureux !... La vie a passé. Vania vomit son roman familial. Il fait chaud. On étouffe. Tout dans la nature va soupirer d'aise après l'orage au deuxième acte, seul Vania ne sera pas soulagé. Il nous apprend qu'il a aimé sa sœur passionnément. Elle a été mariée avec le professeur dont elle a eu une fille : Sonia. Après la mort de cette sœur chérie, le vieux professeur s'est remarié avec la belle Éléna qui se retrouve dans la maison familiale comme une étrangère, une figurante (une revenante ?) — en tout cas pour Vania, l'*odor di femina*, un parfum, une essence... une présence rouvrant la vieille blessure... Éléna... La belle Hélène ? La poupée légendaire ? La mascarade ?... La Femme. Tout le catalogue bien sûr ! C'est ce qu'ils voudraient posséder, « nos deux rapaces », c'est ainsi que Sonia perçoit Astrov et Vania, dans leur complicité de mâles. Ils la dévorent des yeux, ils ne la voient pas — le pur fantasme les a rendus fous. Elle s'étonne, s'indigne, ne comprend pas, que veut-on d'elle ? Elle est belle, elle le sait, elle s'ennuie. Elle est musicienne, on ne la laissera pas jouer, personne n'écoutera sa musique : une figurante ! un fantôme ! un fantasme ! Elle se sauve avec son vieux mari devant le désir féroce de l'homme. Que veut-elle ? Tchékhov n'a pas l'habitude de répondre aux questions, il laisse jouer le scénario, il s'arrange pour que le manège tourne. Une farce où l'on ne peut retenir ses larmes.

Qui est ce professeur ? Un savant, un homme de lettres, un artiste officiel, un don juan, une vieille barbe, un malade, une imposture ? Une figure de père dérisoire, vénérée par la propre mère d'oncle Vania. La mère froide, sèche. Une « daromphe » qui règne sur la maison et qui dans toute la pièce ne prononcera que quelques mots pour châtrer son fils, une intellectuelle féministe qui lui reproche publiquement de ne pas avoir fait « son œuvre », une femme totalement dévouée à ce fantoche de professeur. Quand celui-ci déclare solennellement, au troisième acte, qu'il veut vendre la propriété, l'imposture se révélera décidément trop insupportable pour Vania. Cet usurpateur disposerait aussi de la Maison de Famille ! l'exploitation agricole que Sonia et son oncle ont maintenue par leur seule force de travail ! peut-être même par le sacrifice d'une vocation littéraire, pour Vania. Le coup de feu qu'il tire sur le professeur, « la morue savante », aurait pu être le soulagement catastrophique d'une tragédie — mais voilà : explosion de rire ! « Raté ! j'ai encore raté mon coup ! » Oncle Vania, l'éternel puceau !

La métaphore sexuelle du ratage, nous venions déjà d'en rire et d'en pleurer à la scène précédente, quand Vania arrive avec son bouquet de fleurs au moment où Astrov embrasse Éléna. Le ratage serait donc la métaphore sexuelle de tout ce qui se produit dans cette pièce ? Le cafouillage de toutes les vies.

Nous avons compris que Vania est un écrivain raté. L'aveu viendra dans son délire agressif contre le professeur, l'homme de lettres officiel, lorsque, avant le coup tiré, fou furieux, il lâche presque inconsciemment : « J'aurais pu devenir un Schopenhauer, un Dostoïevski ! »

La fameuse musique de l'âme tchékhovienne est surtout faite de ces terribles et audacieuses dissonances. Aux moments les plus inattendus, elle ouvre brutale-

ment de vertigineuses brèches dans la banalité du quotidien — l'ob-scène se révèle sous la forme d'un lapsus,
d'un aveu tout de suite repris, ou d'un acte violent,
imprévisible.

Pas la peine d'expliquer. Le public reçoit de plein
fouet la déflagration d'un sens profond que personne n'a
le privilège d'élucider. Tchékhov lui-même nous met en
garde : « Seuls les charlatans savent et comprennent
tout. »

Tchékhov possède cet art suprême de « marquer » les
silences, pour nous faire comprendre avec humour que,
quelquefois, « un ange passe » dans le babil humain le
plus ordinaire.

A la fin de la pièce, le professeur et Éléna partiront. Ils
font des adieux de convention dans une sorte d'égare-
ment où tout ce qu'ils disent semble sonner encore plus
faux. Étrange couple sous le signe du mensonge. « On
dirait que partout où vous posez le pied, vous et votre
mari, partout vous n'amenez que la destruction », dira
Astrov à Éléna. Ils n'ont même pas le temps d'emporter
leurs bagages. Après leur départ, tout sera comme avant,
tout rentrera dans l'ordre... Le temps reprendra son
immobilité... Il ne s'est rien passé... sinon peut-être un
imperceptible vieillissement que les anciennes habitudes
masqueront. La nourrice y veillera. Les larmes de Sonia
sont les larmes des Sonia de Dostoïevski fécondant la
terre orthodoxe sur laquelle il faut travailler pour
oublier : la jeune fille russe invoque une transcendance
en laquelle ni Tchékhov ni le vieux Vania ne peuvent
croire.

Oui, cette pièce est bien sous le sceau d'une maladie
incurable, une sorte d'aberration diagnostiquée par
l'auteur médecin avec une objectivité qui ne laisse pas la
possibilité de prêter à aucun des personnages une quelconque conviction de l'auteur. « C'est la vie qui est

comme ça, je n'y suis pour rien », semble-t-il nous dire
en haussant les épaules. Oui, le désespoir dans cette
pièce est absolu. Le spectateur y trouve beaucoup d'oc-
casions de rire, et c'est précisément à ces moments-là
que l'on découvre la méchanceté et l'humanité de ce
théâtre.

« La vie est la farce à mener par tous*. »

Bruno SERMONNE.

---

* Arthur Rimbaud.

Oncle Vania[1]

Personnages

Alexandre Vladimirovitch SÉRÉBRIAKOV, *professeur à la retraite*

Éléna Andréièvna SÉRÉBRIAKOVA, *sa femme, 27 ans*

Sophia Alexandrovna SÉRÉBRIAKOVA *(Sonia), fille du professeur d'un premier mariage*

Maria Vassilièvna VOINITZKAIA, *veuve d'un conseiller d'État, mère de la première femme du professeur*

Ivan Pétrovitch VOINITZKI *(Vania), son fils*

Mikhaïl Lvovitch ASTROV, *médecin*

Ilia Ilitch TIÉLIÉGUINE, *propriétaire ruiné*

Marina TIMOFÉIÈVNA, *une vieille nourrice*

Un ouvrier

Le veilleur de nuit

L'action se passe dans la propriété de Sérébriakov.

Acte I

Un coin du jardin. Une terrasse.
Dans l'allée, sous un vieux peuplier, une table dressée
pour le thé. Bancs. Chaises. Sur un des bancs, une gui-
tare. Près de la table, une balançoire.

Trois heures de l'après-midi.
Temps couvert.

Marina, petite vieille indolente, peu alerte, assise de-
vant le samovar, tricote un bas. Astrov va et vient près
d'elle.

MARINA, *remplissant le verre.* Avale ça, mon petit père.

ASTROV, *prenant le verre à contrecœur.* Je n'en ai pas très
envie.

MARINA. Peut-être une petite vodka ?

ASTROV. Non. Pas tous les jours la vodka. Et puis on
étouffe... *(Un temps.)* Nourrice ! Ça fait déjà combien de
temps qu'on se connaît ?

MARINA, *réfléchissant.* Combien... ? Mon Dieu, laisse-moi
me rappeler... Tu es arrivé ici, dans cette région...
10 quand... ? Véra Pétrovna, la mère de notre petite Sonia,
était encore vivante... A cette époque-là, tu es venu chez

nous deux hivers... Alors, ça veut dire que onze ans sont
passés. *(Réfléchissant.)* Et peut-être plus...

ASTROV. J'ai beaucoup changé depuis ?

MARINA. Beaucoup ! Tu étais jeune alors, beau, maintenant, tu as vieilli et la beauté n'est déjà plus la même...
Il faut dire aussi que la petite vodka... ça y va.

ASTROV. Oui... En dix ans je suis devenu un autre
homme... Et pour quelle raison ? Je me suis abruti de
20 travail, nourrice. Du matin au soir, toujours debout, pas
un instant de repos. Et la nuit, couché sous ta couver-
ture, tu trembles que l'on ne vienne te tirer du lit et te
traîner chez un malade... Depuis tout ce temps qu'on se
connaît, je n'ai pas eu un seul jour de libre... ! Comment
ne pas vieillir ? D'ailleurs, la vie en elle-même est en-
nuyeuse, bête, sale... Cette vie vous enlise... Autour de
toi — que des pauvres diables ! Rien que des pauvres
diables ! Tu vis avec eux deux ou trois ans, et petit à
petit, sans t'en rendre compte, tu en deviens un toi-
30 même — pauvre diable ! C'est inévitable ! *(Tortillant ses
longues moustaches.)* Tu vois ces énormes moustaches
qui me sont poussées... Stupides moustaches ! Je suis
devenu un pauvre diable, nourrice... Pas encore un imbécile — grâce à Dieu le cerveau est intact ! Mais les
sentiments sont comme vidés... Je ne veux rien, je n'ai
besoin de rien, je n'aime personne... à part toi, peut-
être ! *(Il l'embrasse sur la tête.)* Enfant, ma nourrice était
comme toi !

MARINA. Tu veux manger, peut-être ?

ASTROV. Non. La troisième semaine du grand carême, je
41 suis allé à Malitskoïé, là où il y avait une épidémie... le
typhus... Dans les isbas[1], des gens couchés les uns sur
les autres... Saleté ! Puanteur ! Fumée ! Les veaux et les
malades pêle-mêle... ! et les gorets avec... ! De l'un à

l'autre toute la journée sans m'asseoir un instant ! Le
ventre creux ! à peine rentré chez moi, sans me laisser le
temps de souffler, on m'amène un aiguilleur de chemin
de fer... Je l'allonge sur la table pour l'opérer et voilà
qu'il me fait le coup de mourir sous le chloroforme ! Et
50 justement, à ce moment précis, là où il ne le fallait pas,
mes sentiments se sont réveillés avec ce petit pincement
dans la conscience ! Comme si c'était moi qui avais
voulu le tuer... Je me suis assis... J'ai fermé les yeux —
comme ça — et je pense : Ceux qui vivront cent, deux
cents ans après nous — et pour qui nous déblayons
maintenant le chemin — se souviendront-ils seulement
de nous ? Nourrice... ! Ils ne se souviendront certainement pas.

MARINA. Les hommes oublieront, mais Dieu n'oubliera
60 pas.

ASTROV. Voilà ! Merci... Tu as bien dit ça !

Entre Voïnitzki, il sort de la maison. Il a fait un
somme après le petit déjeuner, il a l'air mal réveillé, il
s'assoit sur le banc, arrange sa belle cravate.

VANIA. Oui... *(Un temps.)* Oui...

ASTROV. Bien dormi ?

VANIA. Oui... Très. *(Il bâille.)* Depuis que le professeur et
sa femme habitent ici, la vie est complètement chamboulée. Je dors à n'importe quelle heure... au petit déjeuner et au déjeuner je mange des plats extravagants...
je bois du vin... Malsain, tout ça ! Avant, je n'avais pas
une minute de libre. On travaillait, Sonia et moi — on
70 travaillait dur ! Et maintenant, Sonia travaille toute
seule... et moi je dors, je mange, je bois... C'est pas bien.

MARINA, *hochant la tête.* Quel désordre ! Le professeur se
lève à midi, et le samovar bout depuis le matin — tou-

jours à l'attendre ! Sans eux, on déjeunait à une heure, comme tout le monde ; avec eux, c'est à sept heures. La nuit, le professeur lit et écrit... et brusquement à deux heures du matin, ça sonne... ! Qu'est-ce que c'est, mes aïeux ? Du thé ! Et réveillons donc tout le monde pour 79 lui... ! Et chauffons le samovar... ! Quel désordre !

ASTROV. Ils vont rester encore longtemps ?

VANIA, *sifflant*. Cent ans ! Le professeur a décidé de s'installer ici.

MARINA. Voilà ! Et maintenant... le samovar est déjà sur la table depuis deux heures — et eux, ils sont partis se promener.

VANIA. Ils viennent, ils viennent... Ne t'inquiète pas.

On entend des voix. Par le fond du jardin, revenant de la promenade, arrivent Sérébriakov, Éléna Andréièvna, Sonia et Tiéliéguine.

SÉRÉBRIAKOV. Admirable ! Admirable... ! Une vue splendide !

TIÉLIÉGUINE. Magnifique, Votre Excellence !

SONIA. Papa, demain nous irons à la maison forestière... 91 Tu veux bien ?

VANIA. Mesdames-messieurs, le thé est servi !

SÉRÉBRIAKOV. Mes amis, faites-moi porter le thé dans mon bureau, soyez gentils ! J'ai encore beaucoup à faire aujourd'hui.

SONIA. Je suis sûre que la maison forestière te plaira...

Éléna Andréièvna, Sérébriakov et Sonia entrent dans la maison. Tiéliéguine va vers la table et s'assoit près de Marina.

VANIA. Il fait chaud — on étouffe — et notre grand savant

est en pardessus, avec des caoutchoucs, un parapluie et
99 des gants.

ASTROV. C'est qu'il prend soin de sa personne.

VANIA. Mais elle, comme elle est belle ! Comme elle est
belle ! De toute ma vie je n'ai jamais vu une femme
aussi belle... !

TIÉLIÉGUINE. Que j'aille en voiture à travers champs !...
Marina Timoféièvna — que je me promène dans un
jardin ombragé... ! que je regarde cette table... ! toujours
je ressens un indicible bonheur. Le temps est délicieux,
les petits oiseaux chantent, nous vivons tous en paix et
en parfait accord — que nous faut-il de plus ? *(Il prend*
110 *le verre de thé qu'on lui tend.)* Je vous suis infiniment
reconnaissant.

VANIA, *rêveur.* Les yeux... Superbe femme !

ASTROV. Raconte-nous donc quelque chose, Ivan Pétrovitch.

VANIA, *indolent.* Que veux-tu que je te raconte ?

ASTROV. Il n'y a pas quelque chose de neuf ?

VANIA. Rien... Que du vieux ! Je suis toujours le même —
peut-être pire. Je suis devenu paresseux. Je ne fais que
râler comme un vieux gâteux. Ma vieille perruche de
120 « maman »* continue de radoter sur l'émancipation des
femmes. D'un œil, elle regarde la tombe, de l'autre elle
cherche dans ses livres savants l'aube d'une vie nouvelle.

ASTROV. Et le professeur ?

VANIA. Et le professeur... ? Toujours pareil... dans son
bureau — du matin jusqu'à très tard dans la nuit — il
écrit...

* En français dans le texte.

L'esprit tendu le front plissé
Écrivons écrivons des poèmes
130 Et de louanges n'entendez
Ni pour vos écrits ni pour vous-même[1].

Pauvre papier ! Il ferait mieux d'écrire son autobiogra-
phie. Le sujet parfait ! Un professeur à la retraite... tu
saisis ? Une vieille croûte ! Une morue savante !... La
goutte, les rhumatismes, les migraines, un foie gonflé par
la jalousie et l'envie. Cette morue-là habite la propriété
de sa première femme — bien malgré lui — parce que
vivre en ville n'est pas dans ses moyens. Il se plaint sans
cesse de ses malheurs, alors qu'en fait il est exception-
140 nellement chanceux. *(Nerveux.)* Imagine un peu... quelle
chance ! Ce séminariste, fils d'un simple sacristain, il a
gravi tous les échelons dans ses études, il a obtenu une
chaire de faculté, il est devenu « Son Excellence »...! le
gendre d'un sénateur...! etc., etc. Tout ceci n'a d'ailleurs
aucune importance. Mais écoute-moi ça : un homme
qui depuis vingt-cinq ans lit et écrit sur l'art, sans stric-
tement rien comprendre à l'art ! vingt-cinq ans qu'il ressasse des idées qui ne sont pas les siennes sur le réalisme, le naturalisme, et autres absurdités ! Vingt-cinq
150 ans qu'il lit et écrit des choses que les gens intelligents
savent depuis longtemps et qui de toute façon n'intéressent en rien les imbéciles... Cela veut dire que depuis
vingt-cinq ans, il transvase du vide dans du vide. Et en
même temps, quelle fatuité ! Quelle prétention ! Il a pris
sa retraite. Pas une âme vivante ne le connaît. Il est
parfaitement inconnu ! Ça veut dire que pendant vingt-
cinq ans, il a occupé une place qui ne lui appartenait
pas. Et regarde... Il se pavane comme un demi-dieu !

ASTROV. Mais toi... on dirait que tu l'envies.

VANIA. Oui, je l'envie. Et quel succès auprès des femmes !

161 Aucun don juan n'a connu un tel succès. Sa première
femme — ma sœur — une merveilleuse et douce créature... pure comme ce ciel bleu ! noble... généreuse... qui
avait plus d'admirateurs que lui d'élèves, elle l'a aimé
d'un amour pur et beau, comme seuls les anges purs
savent aimer ! Ma mère — sa belle-mère — elle l'adore...
et encore maintenant il lui inspire une terreur sacrée. Sa
deuxième femme... une beauté ! une intelligence ! vous
venez de la voir... il l'a épousée alors qu'il était déjà
170 vieux. Elle lui a donné sa jeunesse, sa beauté, sa liberté,
son éclat... Pour quelle raison ? Pourquoi ?

ASTROV. Elle est fidèle au professeur ?

VANIA. Hélas ! oui.

ASTROV. Pourquoi hélas ?

VANIA. Parce que cette fidélité, c'est de l'hypocrisie d'un
bout à l'autre. Beaucoup de rhétorique — aucune logique ! Tromper un vieux mari qu'on déteste... c'est immoral ! Mais s'efforcer d'étouffer sa pauvre jeunesse et
179 tout sentiment vrai... ça, ce n'est pas immoral !

TIÉLIÉGUINE, *d'une voix geignarde.* Vania... je n'aime pas
quand tu parles comme ça. Oui, c'est vrai... Qui trompe
sa femme ou son mari est un être infidèle... et il peut
tout aussi bien trahir sa patrie.

VANIA, *agacé.* Ferme ton robinet... La gaufre !

TIÉLIÉGUINE. Tu permets, Vania. Ma femme s'est sauvée
le lendemain de notre mariage avec son bien-aimé, à
cause de mon physique ingrat. Même après ça, je n'ai
jamais manqué à mon devoir. Et encore maintenant, je
l'aime et je lui suis fidèle. Je l'aide comme je peux. Je
190 lui ai donné tous mes biens pour l'éducation des enfants
qu'elle a eus avec son bien-aimé. J'ai perdu le bonheur...
mais il me reste ma fierté. Et elle ? La jeunesse est pas-

sée... sa beauté s'est fanée... — conformément aux lois
de la nature ! — le bien-aimé est mort... Que lui reste-
t-il ?

*Entrent Sonia et Éléna Andréièvna, ensuite entre Ma-
ria Vassilièvna avec un livre, elle s'assoit et lit. On lui
donne du thé, elle boit sans lever les yeux.*

SONIA, *vivement, à la nourrice.* Là-bas, nourrice, des paysans sont arrivés. Va leur parler, moi je m'occupe du
thé.

Elle verse le thé.
*La nourrice sort. Éléna Andréièvna prend sa tasse et
boit assise sur la balançoire.*

ASTROV, *à Éléna Andréièvna.* C'est pour votre mari que je
200 suis venu. Vous m'avez écrit qu'il était très malade —
des rhumatismes... et je ne sais quoi encore ! Or, je vois
qu'il se porte comme un charme.

ÉLÉNA. Hier soir il était déprimé. Il se plaignait de dou-
leurs dans les jambes. Et aujourd'hui ça va...

ASTROV. Et moi qui ai fait trente verstes au galop au
risque de me casser le cou ! Bon, ça ne fait rien... ça ne
sera pas la première fois. Eh bien, pour la peine je resterai chez vous jusqu'à demain ! Au moins je dormirai :
quantum satis[1].

SONIA. Merveilleux ! C'est si rare que vous restiez coucher
211 chez nous... Je suis sûre que vous n'avez pas dîné.

ASTROV. Non, je n'ai pas dîné.

SONIA. Ça tombe bien. Vous dînerez ! Nous dînons maintenant vers sept heures. *(Elle boit.)* Le thé est froid !

TIÉLIÉGUINE. La température du samovar a déjà considérablement baissé[2].

ÉLÉNA. Ça ne fait rien, Ivan Ivanitch, nous le boirons
froid.

TIÉLIÉGUINE. Excusez'ss... Pas Ivan Ivanitch...! mais Ilia
220 Ilitch'ss...! Ilia Ilitch Tiéliéguine! ou bien « la gaufre[1] »,
comme certains m'appellent à cause de mon visage
grêlé. Je suis le parrain de Soniouchka... Son Excellence
— votre époux — me connaît très bien. Je vis maintenant chez vous'ss... dans cette propriété'ss[2]... Et si vous
daigniez le remarquer — je dîne tous les jours avec
vous.

SONIA. Ilia Ilitch est notre aide, notre bras droit... *(Tendrement.)* Donnez votre verre, mon petit parrain, que je
229 vous verse encore un peu de thé.

MARIA. Oh !

SONIA. Qu'avez-vous, grand-mère ?

MARIA. J'ai oublié de dire à Alexandre...! Je perds la
mémoire...! J'ai reçu aujourd'hui, de Kharkov, une lettre de Pavel Alexéiévitch. Il a envoyé sa nouvelle brochure.

ASTROV. C'est intéressant ?

MARIA. Intéressant... Mais un peu étrange. Il réfute ce qu'il
soutenait lui-même il y a sept ans. C'est effroyable !

VANIA. Il n'y a rien là d'effroyable... Buvez votre thé
240 « maman »*.

MARIA. Mais je veux parler !

VANIA. Mais ça fait déjà cinquante ans que nous parlons et
parlons et lisons des brochures... Il serait temps d'en
finir !

MARIA. Je ne sais pas pourquoi cela t'est si désagréable de
m'entendre parler... Pardonne-moi, Jean*, mais depuis
un an tu as tellement changé ! Je ne te reconnais plus du

* En français dans le texte.

tout... Tu étais un homme aux convictions déterminées,
249 une personnalité éclairée...

VANIA. Oh ! oui, j'étais une personnalité éclairée... et qui
n'était claire pour personne... ! *(Un temps.)* « Une personnalité éclairée !... » On ne peut pas trouver mot d'esprit plus venimeux ! J'ai maintenant quarante-sept ans.
Jusqu'à l'année dernière, je faisais comme vous !
exprès... Je me brouillais la vue avec votre espèce de
scolastique — tout ça pour éviter de voir la vie telle
qu'elle est ! et je croyais bien faire... Maintenant, si vous
saviez ! des nuits entières je ne dors plus... de dépit !
de rage ! Avoir si bêtement gaspillé le temps quand
260 j'aurais pu avoir tout ce que la vieillesse me refuse
aujourd'hui !

SONIA. Oncle Vania, tu nous ennuies.

MARIA, *à son fils.* Justement ! Tu t'en prends à tes anciennes convictions... Ce ne sont pas elles les responsables,
mais toi-même ! Tu as oublié que « en elles-mêmes » les
convictions ne sont rien ! Lettre morte... ! Il fallait faire
« ton œuvre ».

VANIA. « Ton œuvre » ? Tout le monde n'est pas capable
d'être un écrivailleur *perpetuum mobile* comme votre
270 Herr Professor... !

MARIA. Que veux-tu dire par là ?

SONIA, *suppliante.* Grand-mère ! Oncle Vania ! Je vous en
supplie !

VANIA. Je me tais... Je me tais... Pardon, pardon !...

   Un temps.

ÉLÉNA. Il fait beau, aujourd'hui... Pas trop chaud.

   Un temps.

VANIA. Un temps idéal pour se pendre[1].

Yvonne Gaudeau et Daniel Ivernel.
Mise en scène de Jacques Mauclair.
(Comédie-Française, 1961.)

Tiéliéguine accorde sa guitare, Marina marche près de
la maison, elle appelle les poules.

MARINA. P'tits ! p'tits ! p'tits !

SONIA. Nourrice, ils sont venus pour quoi... les paysans ?

MARINA. Pour encore et toujours la même chose... les ter-
280 res en friche. P'tits ! p'tits ! p'tits...

SONIA. Pourquoi tu appelles comme ça ?

MARINA. La bigarrée s'est sauvée avec ses poussins...
Pourvu que les corbeaux ne me les enlèvent pas... !

Elle sort. Tiéliéguine joue une polka.
Tous écoutent en silence.
Entre un ouvrier.

L'OUVRIER. Monsieur le docteur est-il ici ? *(A Astrov.)* S'il
vous plaît, Mikhaïl Lvovitch, on est venu vous chercher.

ASTROV. D'où ?

L'OUVRIER. De la fabrique.

ASTROV, *avec dépit.* Mille fois merci ! Eh bien... il faut y
290 aller !... *(Il cherche des yeux sa casquette.)* Quelle barbe !
Qu'ils aillent au diable !...

SONIA. Comme c'est désagréable, vraiment. Revenez dîner
après la fabrique.

ASTROV. Non, il sera bien trop tard. *(Cherchant des yeux*
sa casquette.) Où donc ?... Mais où donc ?... *(A l'ouvrier.)*
Tu sais quoi, mon ami... apporte-moi donc un petit
verre de vodka ! *(L'ouvrier sort.)* Où donc ?... Mais où
donc ?... *(Il a trouvé sa casquette.)* Dans je ne sais quelle
pièce d'Ostrovski[1], il y a un personnage qui a de grosses
300 moustaches et une toute petite cervelle... Eh bien, c'est
moi ! Bon... j'ai l'honneur, messieurs... *(A Éléna*
Andréïèvna.) Si un jour vous veniez me voir chez moi...

tenez... toutes les deux, avec Sophia Alexandrovna! Eh
bien, j'en serais sincèrement heureux... J'ai une petite
propriété de rien du tout — une trentaine d'hectares...
mais si cela vous intéresse, j'ai un jardin modèle et une
pépinière comme vous n'en trouverez pas à mille verstes
à la ronde. Près de chez moi, il y a une forêt doma-
niale... Le garde forestier est vieux, toujours malade, si
310 bien que, en fait, c'est moi qui gère toutes les
affaires.

ÉLÉNA. On m'a déjà dit que vous aimiez beaucoup les
forêts. Bien sûr... C'est peut-être intéressant, mais est-ce
que cela ne nuit pas à votre véritable vocation? Vous
êtes médecin...

ASTROV. Dieu seul sait quelle est notre véritable vocation!

ÉLÉNA. Et c'est intéressant?

ASTROV. Oui, un travail intéressant.

VANIA, *ironique.* Très!

ÉLÉNA, *à Astrov.* Vous êtes un homme encore jeune... on
322 vous donnerait... trente-six... trente-sept ans... et je me
demande si c'est aussi intéressant que vous le dites, la
forêt... toujours la forêt! Il me semble que cela doit être
bien monotone.

SONIA. Non, c'est extraordinairement intéressant! Tous les
ans, Mikhaïl Lvovitch plante de nouvelles forêts. Il a
déjà reçu une médaille de bronze et un diplôme. Il fait
tout son possible pour que l'on ne détruise pas nos vieil-
330 les forêts. Si vous l'écoutez bien, vous serez tout à fait
d'accord avec lui. Il dit : «Les forêts embellissent la
terre!... elles apprennent à l'homme à comprendre la
beauté... elles lui donnent le goût de l'infini... Les forêts
adoucissent les climats trop rudes... Dans les pays tem-
pérés, on dépense moins d'énergie dans la lutte avec la

nature, et c'est pourquoi l'homme y est plus doux ! plus
tendre ! Là-bas les gens sont beaux ! souples ! plus éveil-
lés ! Ils s'expriment avec élégance ! leur comportement
est plein de noblesse ! Chez eux fleurissent les sciences et
340 les arts ! leur philosophie n'est pas sombre ! leurs manières envers les femmes ont d'infinies délicatesses... »

VANIA, *riant.* Bravo ! bravo ! tout ça c'est bien gentil...
mais pas très convaincant. Alors... *(A Astrov.)* permets-
moi, mon ami, de continuer à chauffer mon poêle avec
des bûches, et de construire mes granges avec du
bois !...

ASTROV. Tu peux très bien chauffer ton poêle avec de la
tourbe et construire tes granges avec des pierres ! Bon...
j'admets que l'on fasse des coupes par nécessité, mais
350 pourquoi tout raser ? Les forêts russes retentissent de
coups de hache. Des milliards d'arbres périssent. Les
tanières des bêtes sauvages, les nids des oiseaux se
vident ! Les rivières s'ensablent et se déssèchent. Des
paysages merveilleux disparaissent pour toujours, uniquement parce que l'homme paresseux n'a pas l'idée de
se baisser et de ramasser le combustible à ses pieds ! *(A
Éléna Andréièvna.)* Madame, n'ai-je pas raison ? Il faut
être un irresponsable ! un barbare ! brûler dans son poêle
toute cette beauté !... anéantir ce que nous ne sommes
360 pas capables de créer ! L'homme a été doué de raison et
de force créatrice afin de multiplier ce qui lui a été
donné. Mais jusqu'à présent il n'a rien fait... que
détruire ! Il y a de moins en moins de forêts !... Les
rivières se dessèchent ! Le gibier disparaît ! Le climat se
détériore !... de jour en jour la terre devient de plus en
plus pauvre et de plus en plus laide... *(A Vania.)* Oui...
tu me regardes avec ironie, tout ce que je raconte ne te
paraît pas sérieux ! et... et ce n'est peut-être après tout
qu'une aberration... Mais quand je longe un bois que je

370 viens de sauver, ou quand j'entends bruire une jeune
forêt plantée de mes propres mains, j'ai le sentiment
d'être un petit peu maître du climat... et si, dans mille
ans, l'homme est plus heureux, j'y serai peut-être pour
quelque chose ! Quand je plante un jeune bouleau, je le
vois plus tard se couvrir de feuilles et se balancer dans le
vent... alors mon âme se gonfle de fierté ! et je... *(Apercevant l'ouvrier qui a apporté un petit verre de vodka sur
un plateau.)* Bon [1]... *(Il boit.)* ... pour moi, il est temps !
Au fond... tout cela n'est peut-être qu'une aberration.
380 J'ai l'honneur de vous saluer !

    Il va vers la maison.

SONIA *lui prend le bras et va avec lui.* Quand reviendrez-
vous chez nous ?

ASTROV. Je ne sais pas...

SONIA. Pas avant un mois ?... Encore ?...

    Astrov et Sonia entrent dans la maison.
    Maria Vassilièvna et Tiéliéguine restent près de la
    table.
    Éléna Andréièvna et Vania vont sur la terrasse.

ÉLÉNA. Et vous... Ivan Pétrovitch ! Vous avez encore été
insupportable !... Qu'aviez-vous besoin de contrarier
Maria Vassilièvna en parlant de *perpetuum mobile* ! et
aujourd'hui encore... au petit déjeuner vous vous êtes
389 disputé avec Alexandre !... Comme c'est mesquin !

VANIA. Mais puisque je le déteste !...

ÉLÉNA. Il n'y a aucune raison de détester Alexandre... Il est
comme les autres — pas plus mauvais que vous !

VANIA. Si seulement vous pouviez vous voir... voir votre
visage ! toutes vos manières... Quelle paresse de vivre !
Ah ! quelle paresse !

ÉLÉNA. Ah !... paresse... oui... de l'ennui ! Tout le monde
     insulte mon mari, tout le monde me regarde avec pitié :
     « La malheureuse, elle a un vieux mari ! » Cette attitude
     envers moi... oh ! comme je la comprends ! Tenez,
400 justement comme vient de le dire Astrov : vous tous...
     vous détruisez les forêts... bêtement ! et bientôt il ne
     restera plus rien sur la terre ! et aussi bêtement vous
     détruisez l'homme ! Bientôt « grâce » à vous il ne restera
     plus sur terre ni fidélité ! ni pureté ! ni esprit de sacri-
     fice ! Pourquoi ne pouvez-vous pas rester indifférent
     devant une femme qui n'est pas votre femme ? Parce
     que — ce docteur a raison — en chacun de vous règne le
     démon de la destruction. Vous n'avez pitié ni des forêts,
     ni des oiseaux, ni des femmes, ni des uns, ni des
410 autres !...

VANIA. Je n'aime pas cette philosophie !

     Un temps.

ÉLÉNA. Ce docteur a un visage fatigué, nerveux... Un visage
     intéressant. Il plaît à Sonia, c'est évident... elle est
     amoureuse de lui et je la comprends. Depuis que je suis
     ici, il est venu déjà trois fois. Mais je suis timide... pas
     une seule fois je ne lui ai parlé comme il aurait fallu. Je
     n'ai pas été très aimable avec lui. Il doit penser que je
     suis méchante. Ivan Pétrovitch ! si nous sommes tous
     les deux de si grands amis, c'est certainement parce que
420 nous sommes des êtres tristes et ennuyeux ! de tristes
     personnages ! Ne me regardez pas de cette façon... Je
     n'aime pas ça !

VANIA. Comment pourrais-je vous regarder autrement,
     puisque je vous aime ? Vous êtes mon bonheur ! ma
     vie ! ma jeunesse ! Je sais que mes chances d'être aimé
     en retour sont infimes... pratiquement nulles ! Je ne vous

demande rien ! Permettez-moi simplement de vous con-
templer !... d'entendre votre voix !...

ÉLÉNA. Moins fort, on peut vous entendre !

Ils se dirigent vers la maison.

VANIA, *la suivant.* Permettez-moi de vous parler de mon
431 amour. Ne me repoussez pas ! Rien que ça... serait déjà
pour moi un immense bonheur !...

ÉLÉNA. Quelle torture !...

*Ils partent ensemble vers la maison. Tiéliéguine gratte
sa guitare. Il joue une polka. Maria Vassilièvna note
quelque chose dans les marges de sa brochure.*

Rideau

Acte II

La salle à manger dans la maison de Sérébriakov.
Nuit.
On entend le veilleur de nuit frapper dans le jardin.

Sérébriakov somnole dans un fauteuil devant la fenêtre
ouverte.
Éléna Andréièvna est assise près de lui et somnole éga-
lement.

SÉRÉBRIAKOV, *se réveillant.* Qui est là ? Sonia, c'est
    toi ?

ÉLÉNA. C'est moi.

SÉRÉBRIAKOV. Toi, Liénotchka[1]... Cette douleur intoléra-
    ble !

ÉLÉNA. Ton plaid est par terre. *(Elle lui enveloppe les*
    jambes.) Je vais fermer la fenêtre, Alexandre.

SÉRÉBRIAKOV. Non, j'étouffe... Je me suis assoupi et j'ai
    fait un rêve : c'était comme si ma jambe gauche n'était
10 plus à moi. Une douleur intolérable m'a réveillé. Non,
    ce n'est pas la goutte, ce sont plutôt les rhumatismes.
    Quelle heure est-il maintenant ?

ÉLÉNA. Minuit vingt.

    Un temps.

SÉRÉBRIAKOV. Tu iras ce matin me chercher dans la

bibliothèque le Batiouchkov. Je crois que nous l'avons.

ÉLÉNA. Hein ?

SÉRÉBRIAKOV. Tu iras ce matin me chercher le Batiouch-kov. Nous l'avons, je m'en souviens. Mais pourquoi
20 ai-je tant de mal à respirer ?

ÉLÉNA. Tu es fatigué. Ça fait deux nuits que tu ne dors pas.

SÉRÉBRIAKOV. On dit que Tourgueniev a eu une angine de poitrine[1] à cause de la goutte. J'ai peur d'avoir la même chose. Maudite vieillesse ! Dégoûtante !... abomi-nable !...
    Le diable l'emporte ! En vieillissant, j'ai fini par me dégoûter moi-même. Oui... et pour vous tous, ça doit être dégoûtant à voir.

ÉLÉNA. Tu parles de ta vieillesse sur un tel ton !... Comme
31 si c'était notre faute à nous que tu sois vieux !

SÉRÉBRIAKOV. Toi la première, je te dégoûte ! *(Éléna Andréièvna s'écarte de lui et s'assied plus loin.)* Bien sûr, tu as raison, je ne suis pas idiot... je comprends. Tu es jeune, en bonne santé, belle, tu veux vivre, et moi je ne suis qu'un vieillard — presque un cadavre ! Quoi ? Tu crois que je ne comprends pas ? Bien sûr, c'est bête que je sois encore en vie. Mais, patience, bientôt je vous délivrerai tous. Je n'en ai plus pour très longtemps à
40 tirer.

ÉLÉNA. Je n'en peux plus... pour l'amour de Dieu, tais-toi.

SÉRÉBRIAKOV. C'est ça !... A cause de moi, tout le monde est à bout de force, s'ennuie, perd sa jeunesse. Je suis le seul à jouir de la vie et à être heureux. Mais oui, bien sûr !

ÉLÉNA. Tais-toi ! Tu me tortures !

SÉRÉBRIAKOV. Je vous torture tous ! Bien sûr !

ÉLÉNA, *à travers les larmes.* C'est insupportable ! Dis ce
50 que tu veux de moi.

SÉRÉBRIAKOV. Rien.

ÉLÉNA. Eh bien alors, tais-toi ! Je t'en prie.

SÉRÉBRIAKOV. Chose étrange !... Quand Ivan Pétrovitch
se met à parler — ou cette vieille idiote de Maria Vassilièvna — eh bien... rien ! Tout le monde écoute. Tandis que moi, il suffit que je dise un seul mot, et tout le
monde commence à se sentir malheureux. Rien que le
son de ma voix vous dégoûte. Bon... admettons ! je suis
dégoûtant ! égoïste ! despote ! mais alors... même vieux,
60 je n'aurais pas droit à un peu d'égoïsme ? Ne l'ai-je
vraiment pas mérité ? N'ai-je donc vraiment pas droit,
je vous le demande, à une vieillesse paisible ? A un peu
d'attention de la part de mes proches ?

ÉLÉNA. Personne ne conteste tes droits. *(Le vent fait claquer la fenêtre.)* Le vent se lève, je vais fermer la fenêtre.
(Elle la ferme.) Il va pleuvoir. Personne ne conteste tes
droits.

> *Un temps.*
> *Le veilleur de nuit frappe dans le jardin et chante.*

SÉRÉBRIAKOV. Avoir travaillé toute sa vie pour la science.
Être habitué à son cabinet de travail, à son auditoire,
70 tous ces collègues éminents... et subitement, sans rime ni
raison, se retrouver dans ce caveau ! Tous les jours, ne
voir que des imbéciles, n'entendre que des conversations
futiles...

Je veux vivre ! J'aime le succès ! J'aime la célébrité !
Le bruit ! Ici, c'est comme l'exil. A chaque minute re-
gretter le passé, être à l'affût du succès des autres, avoir

peur de la mort... Je ne veux pas ! Je n'en ai pas la force ! Et en plus... ici, on ne veut même pas me par-
79 donner ma vieillesse !

ÉLÉNA. Attends ! Un peu de patience ! Cinq ou six ans... je serai vieille, moi aussi.

Entre Sonia.

SONIA. Papa, tu as toi-même donné l'ordre d'envoyer chercher le docteur Astrov, et quand il arrive, tu refuses de le recevoir. C'est un manque de délicatesse. Nous l'avons dérangé pour rien...

SÉRÉBRIAKOV. Qu'est-ce que tu veux que j'en fasse, de ton Astrov ? Il s'y connaît en médecine comme moi en astronomie.

SONIA. On ne va tout de même pas faire venir toute la
90 faculté de médecine pour ta goutte.

SÉRÉBRIAKOV. Je me refuse à parler avec ce simple d'esprit.

SONIA. Comme tu voudras. *(Elle s'assoit.)* Ça m'est égal.

SÉRÉBRIAKOV. Quelle heure est-il maintenant ?

ÉLÉNA. Une heure.

SÉRÉBRIAKOV. On étouffe... Sonia, donne-moi les gouttes — sur la table !

SONIA. Tout de suite.

Elle lui tend les gouttes.

SÉRÉBRIAKOV, *exaspéré.* Ah !... mais pas celles-là ! On ne
100 peut rien demander.

SONIA. Je t'en prie, pas de caprices. Ça plaît peut-être à certains, mais par pitié épargne-moi. Je n'aime pas ça. Et puis je n'ai pas le temps, je dois me lever tôt demain, on fait les foins.

Entre Vania en robe de chambre, une bougie à la main.

VANIA. Ça sent l'orage. *(Un éclair.)* Vous avez vu ? Hélène et Sonia, allez dormir, je viens vous remplacer.

SÉRÉBRIAKOV, *effrayé.* Non, non ! Ne me laissez pas avec lui ! Non, il va me soûler de paroles.

VANIA. Mais il faut bien qu'elles se reposent. Déjà deux
110 nuits qu'elles ne dorment pas.

SÉRÉBRIAKOV. Qu'elles aillent dormir, mais toi aussi va-t'en. Je te remercie. Je t'en supplie ! Au nom de notre amitié passée, ne proteste pas. Plus tard nous parlerons.

VANIA, *avec un sourire moqueur.* Notre amitié passée... passée.

SONIA. Tais-toi, oncle Vania.

SÉRÉBRIAKOV, *à sa femme.* Ma chérie, ne me laisse pas
119 avec lui ! Il va me soûler de paroles.

VANIA. Ça commence à devenir presque drôle.

Entre Marina, une bougie à la main.

SONIA. Tu devrais être couchée, ma petite nourrice, il est déjà tard.

MARINA. Le samovar n'est pas débarrassé. Pas question de te coucher.

SÉRÉBRIAKOV. Personne ne dort ! Tout le monde est à bout de force ! Moi seul je nage dans le bonheur.

MARINA, *s'approchant de Sérébriakov, tendrement.* Alors, petit père ? On a mal ? Moi aussi ça me lance. Ça me lance dans les jambes. *(Elle lui arrange le plaid.)* C'est
130 votre vieille maladie. Véra Pétrovna, notre défunte, la mère de notre Soniouchka, il lui arrivait de ne pas dor-

mir — des nuits entières à se morfondre ! Elle vous
aimait tellement ! *(Un temps.)* Les vieux, c'est comme
les petits !... Ils veulent qu'on les console. Mais, des
vieux, personne n'a pitié. *(Elle embrasse Sérébriakov sur
l'épaule.)* Allons, petit père. Au lit !... Allons, ma petite
lumière !... Je te ferai du tilleul. Je réchaufferai tes petits
pieds... Je prierai Dieu pour toi...

SÉRÉBRIAKOV, *ému.* Allons, Marina.

MARINA. Moi aussi, mes jambes, ça me lance tellement !...
141 Tellement ! *(Elle et Sonia l'emmènent.)* Comme elle se
tourmentait. Comme elle pleurait, dans le temps, Véra
Pétrovna... Toi, Soniouchka, tu étais encore toute petite,
toute bébête...

... Allez, allez, petit père ! ˙

Sérébriakov, Sonia et Marina sortent.

ÉLÉNA. Il m'a épuisée. Je tiens à peine sur mes jambes.

VANIA. Vous, il vous épuise... et moi, je m'épuise tout seul.
Voilà trois nuits que je ne dors pas.

ÉLÉNA. Ça ne va pas, dans cette maison. Votre mère
150 déteste tout, à part ses brochures et le professeur. Le
professeur est irrité. Il n'a pas confiance en moi. Il a
peur de vous. Sonia est fâchée après son père et contre
moi. Elle ne me parle plus depuis deux semaines. Vous,
vous haïssez mon mari et vous méprisez ouvertement
votre mère. Moi, j'ai les nerfs à bout. Aujourd'hui, j'ai
failli pleurer au moins vingt fois... Ça ne va pas, dans
cette maison.

VANIA. Assez de philosophie.

ÉLÉNA. Vous, Ivan Pétrovitch, vous êtes cultivé, intelli-
160 gent[1]. Il me semble que vous devriez comprendre que ce
qui perd le monde, ce ne sont pas les bandits, ni les
guerres, mais les haines, les inimitiés, toutes ces petites

querelles sordides... Votre rôle serait de réconcilier tout
le monde, au lieu de ronchonner.

VANIA. Réconciliez-moi d'abord avec moi-même ! Ma
chérie...

Serrant la main d'Éléna contre lui.

ÉLÉNA. Laissez. *(Elle retire sa main.)* Allez-vous-en !

VANIA. Maintenant, la pluie va s'arrêter. Tout dans la
nature purifiée va soupirer d'aise... Moi seul, je ne serai
170 pas soulagé par l'orage. Jour et nuit, un démon
m'étouffe à l'idée que ma vie est irrémédiablement perdue. Je n'ai pas de passé, les petits riens l'ont usé —
bêtement ! — et le présent est là... effrayant d'absurdité !
Voilà ma vie et mon amour... Que faire avec ça ? A quoi
servent-ils ? Mes sentiments s'épuisent inutilement,
comme un rayon de soleil au fond d'un gouffre où je me
sens mourir.

ÉLÉNA. Quand vous me parlez de votre amour, je suis
comme anéantie et je ne sais pas quoi dire. Pardonnez-
180 moi... Je ne peux rien vous dire. *(Elle veut s'en aller.)*
Bonne nuit.

VANIA, *lui barrant le chemin.* Si vous saviez comme je
souffre de penser qu'à côté de moi, dans cette maison
même, une autre vie se perd — la vôtre ! Qu'attendez-
vous ? Quelle philosophie maudite vous arrête ? Comprenez donc... Mais comprenez...

ÉLÉNA, *le regardant fixement.* Ivan Pétrovitch, vous êtes
188 ivre !

VANIA. Peut-être, peut-être...

ÉLÉNA. Où est le docteur ?

VANIA. Là-bas... Il dort chez moi. Peut-être, peut-être...
Tout peut être !

ÉLÉNA. Vous avez encore bu aujourd'hui ? Pourquoi ça ?

VANIA. De toute façon, la vie... c'est comme ça... Ne vous mêlez pas de ça, Hélène*.

ÉLÉNA. Avant, vous ne buviez jamais et vous ne parliez jamais autant... Allez dormir ! Je m'ennuie avec vous.

VANIA, *serrant la main d'Éléna contre lui.* Ma chérie... Ma
199 merveille !

ÉLÉNA, *agacée.* Laissez-moi. C'est dégoûtant, à la fin.

Elle sort.

VANIA, *seul.* Partie !... *(Un temps.)* Je l'ai rencontrée il y a dix ans, chez ma pauvre sœur défunte. Elle avait alors dix-sept ans et moi trente-sept. Pourquoi ne suis-je pas tombé amoureux d'elle à cette époque ? Pourquoi ne l'ai-je pas demandée en mariage ? C'était possible, alors ! Elle serait ma femme aujourd'hui... Oui... Aujourd'hui... Tous les deux nous aurions été réveillés par l'orage, elle aurait eu peur du tonnerre, et moi je l'aurais serrée dans mes bras, et je lui aurais murmuré : « N'aie pas peur, je
210 suis là. » Oh ! sublimes pensées, comme c'est bon ! J'en ris de bonheur... mais mon Dieu... tout se mêle dans ma tête... Pourquoi suis-je vieux ? Pourquoi ne comprend-elle pas ? Sa rhétorique, sa morale paresseuse, ses idées molles et absurdes sur le monde en perdition... Tout cela m'est profondément insupportable.

Un temps.

Oh ! comme j'ai été trompé ! J'adorais ce professeur. Ce minable goutteux. J'ai travaillé pour lui comme un bœuf. Sonia et moi, nous avons tiré de cette propriété jusqu'à la dernière goutte. Comme de vulgaires paysans,
220 nous avons marchandé l'huile, les pois, le fromage blanc. Nous nous privions de nourriture pour lui expédier tout cet argent, que nous avons amassé sous par

* En français dans le texte.

sous. J'étais fier de lui et de son savoir. Je vivais et ne
respirais que par lui. Tout ce qu'il écrivait et proférait
me semblait génial... Dieu ! Et maintenant ? Le voilà à la
retraite. Et maintenant on peut voir et faire le bilan de
sa vie. Après lui, il ne restera pas une seule page de son
travail. Il est parfaitement inconnu. Il n'est rien ! Une
bulle de savon ! Et moi, j'ai été trompé... je vois ! bête-
230 ment trompé.

Entre Astrov en redingote, sans gilet et sans cravate.
Il est un peu éméché.
Tiéliéguine le suit avec sa guitare.

ASTROV. Joue !

TIÉLIÉGUINE. Tout le monde dort'ss[1] !

ASTROV. Joue !

Tiéliéguine commence à jouer doucement.

ASTROV, *à Vania.* Tu es seul ici ? Pas de dames ? *(Les
mains sur les hanches, il chante doucement.)*

Allez chaumière, allez fourneau.
Pour dormir le maître est sans maison[2].

Et moi l'orage m'a réveillé. Sacrée pluie ! Quelle heure
239 est-il maintenant ?

VANIA. Au diable l'heure qu'il est.

ASTROV. J'ai eu comme l'impression d'entendre la voix
d'Éléna Andréièvna.

VANIA. Elle était ici il y a un instant.

ASTROV. Superbe femme ! *(Il examine les flacons sur la
table.)* Des médicaments. Qu'est-ce qu'il n'y a pas
comme ordonnances ici ! Et de Kharkov, et de Moscou,
et de Toula... Il a fait pleuvoir sa goutte sur toutes les
villes. Il est malade ou il fait semblant ?

VANIA. Il est malade.

Un temps.

ASTROV. Pourquoi es-tu si triste aujourd'hui ? Tu aurais
251 pitié du professeur ou quoi ?

VANIA. Laisse-moi.

ASTROV. Ah ! mais c'est peut-être que tu es amoureux de la
professoresse ?

VANIA. Nous sommes amis.

ASTROV. Déjà ?

VANIA. Ça veut dire quoi « déjà » ?

ASTROV. Une femme ne peut devenir l'ami d'un homme
que selon l'ordre suivant : d'abord une amie, ensuite
260 une maîtresse, et seulement après : un ami.

VANIA. Philosophie d'une trivialité !

ASTROV. Quoi ? Oui... Il faut l'avouer, je deviens vulgaire.
Tu vois, je suis soûl. D'habitude je ne me soûle qu'une
seule fois par mois. Quand je suis dans cet état, je
deviens insolent et cynique à l'extrême. Alors tout m'est
complètement égal ! Je m'attaque aux opérations les plus
difficiles et je les réussis merveilleusement. Je brosse
pour l'avenir les projets les plus vastes. Dans ces moments-là, je n'ai plus l'impression d'être un pauvre dia-
270 ble. Je suis au contraire persuadé que j'apporte à l'humanité une contribution immense... immense !... Dans
ces moments-là, je tiens mon propre système philoso-
phique. Et vous tous, mes chers petits frères, vous ne
m'apparaissez plus que comme une multitude de petites
bêtes... des microbes. *(A Tiéliéguine.)* Joue, la gaufre !

TIÉLIÉGUINE. Mon très cher ami, de toute mon âme, pour
toi j'aurais été heureux... mais comprends donc : on dort
dans la maison.

ASTROV. Joue ! *(Tiéliéguine joue doucement.)* Il faudrait
280 boire. Viens, je crois que là-bas, il nous reste encore du
cognac. Dès que le jour se lèvera, on s'en ira chez moi.
Ça va-t-y ? J'ai un assistant qui ne dira jamais « ça va »,
mais « ça va-t-y »[1]. Une sacrée canaille ! Ça va-t-y
comme ça ? *(Apercevant Sonia qui entre.)* Excusez-moi,
je n'ai pas de cravate.

    Il sort rapidement. Tiéliéguine le suit.

SONIA. Et toi, oncle Vania, tu as encore bu avec le docteur.
« Nos deux rapaces se sont mis d'accord[2]... » Bon, lui
est toujours comme ça. Ça ne le change pas, mais toi,
qu'est-ce qui te prend ? Ce n'est vraiment plus de ton
290 âge.

VANIA. L'âge n'a rien à voir là-dedans. Quand la vraie vie
est absente, on se nourrit d'illusions. C'est tout de même
mieux que rien.

SONIA. On a fait les foins, il pleut tous les jours, tout
pourrit et toi tu n'es préoccupé que par tes illusions. Tu
as complètement laissé tomber la propriété... Je travaille
seule, je suis à bout de force... *(Effrayée.)* Mon oncle, tu
as les larmes aux yeux !

VANIA. Quelles larmes ? Je n'ai rien... des bêtises... Tu
300 viens de me regarder comme ta pauvre mère. Ma chérie.
(Il lui embrasse les mains et le visage avec avidité.) Ma
sœur... ma chère sœur... Où est-elle maintenant ? Si elle
savait ! Ah ! si elle savait...

SONIA. Quoi, mon oncle ? Si elle savait quoi ?

VANIA. Ça me pèse... ça ne va pas... ce n'est rien... plus
tard... rien... je m'en vais.

    Il sort.

SONIA, *elle frappe à la porte.* Mikhaïl Lvovitch ! Vous ne
dormez pas ? Une petite minute !

ASTROV, *derrière la porte.* Tout de suite. *(Il entre peu*
310 *après, il a mis son gilet et sa cravate.)* Qu'y a-t-il pour
votre service ?

SONIA. Buvez si cela ne vous dégoûte pas. Mais je vous en
supplie, ne poussez pas mon oncle à boire. C'est mauvais pour lui.

ASTROV. Bien. Nous ne boirons plus. *(Un temps.)* Je pars
tout de suite. C'est décidé — signé ! Le temps d'atteler...
il fera jour.

SONIA. Il pleut. Attendez le matin.

ASTROV. On évitera l'orage. Il éclatera dans les environs.
320 Je vais partir. S'il vous plaît, ne me faites plus venir
pour votre père. Je lui dis : « la goutte », il me répond
« rhumatismes ». Je lui demande de rester allongé, il
s'assoit. Aujourd'hui, il a purement et simplement refusé
de me parler.

SONIA. Il est trop gâté. *(Elle cherche dans le buffet.)* Vous
voulez manger un petit morceau ?

ASTROV. S'il vous plaît, je veux bien.

SONIA. J'aime bien grignoter la nuit. Il doit y avoir quelque
chose dans le buffet. On dit qu'il a eu dans sa vie beau-
330 coup de succès auprès des femmes, et ces dames l'ont
trop gâté. Tenez, prenez du fromage.

Ils sont debout tous les deux près du buffet, ils man-
gent.

ASTROV. Je n'ai rien mangé aujourd'hui. Je n'ai fait que
boire. Votre père a un caractère difficile. *(Il sort une*
bouteille du buffet.) On peut ? *(Il boit un petit verre.)* Il
n'y a personne, ici. On peut parler franchement. Vous
savez, il me semble que je n'aurais pas survécu plus
d'un mois dans votre maison. J'étoufferais dans cette
atmosphère... Votre père... complètement absorbé par sa

Sacha Pitoëff et Luce Garcia-Ville.
Mise en scène de Sacha Pitoëff.
(Théâtre Moderne, 1969.)

goutte et ses livres... Oncle Vania par sa dépression...
340 votre grand-mère et enfin votre belle-mère...

SONIA. Quoi, ma belle-mère ?

ASTROV. Dans un être tout doit être beau... et le visage et
les vêtements et l'âme et les pensées. Elle est belle, c'est
incontestable, mais... elle ne fait que manger, dormir, se
promener, charmer tout le monde avec sa beauté... et
rien d'autre. Elle n'a aucune obligation, les autres travaillent pour elle... n'est-ce pas ? Mais l'oisiveté est la
mère de tous les vices. Il se peut d'ailleurs que je sois
trop sévère. Je ne suis pas satisfait de la vie, tout comme
350 votre oncle Vania. Nous deux, on est en train de devenir
des vieux grincheux.

SONIA. Mais vous n'êtes pas satisfait de la vie ?

ASTROV. Dans l'ensemble, j'aime la vie. Mais cette vie...
provinciale, russe, mesquine, maintenant je n'en peux
plus, je la méprise de toutes mes forces. De toute mon
âme. Pour ce qui est de ma vie privée, personnelle, mon
Dieu... elle n'a décidément rien de bon. Vous savez,
quand on marche à travers bois dans la nuit noire... si à
ce moment-là une petite lumière se met à briller au loin,
360 alors on ne sent plus la fatigue, ni l'obscurité, ni les
branches piquantes qui vous frappent le visage... Je travaille comme personne dans la province, vous le savez.
Le malheur me frappe sans arrêt. Parfois, j'en souffre
d'une façon insupportable. Mais pour moi aucune petite
lumière au loin. Je n'attends plus rien. Je n'aime pas les
gens... Depuis longtemps déjà je n'aime personne.

SONIA. Personne ?

ASTROV. Personne. Je ne ressens aucune tendresse... si ce
n'est pour votre nourrice... à cause des vieux souvenirs.
370 Les paysans sont tous les mêmes. Ils sont arriérés. Ils
vivent salement. Quant aux intellectuels, c'est difficile

de s'entendre avec eux... Ils m'assomment. Tous autant
qu'ils sont, nos braves petits amis, ils pensent petitement. Ils sentent petitement. Ils ne voient pas plus loin
que le bout de leur nez. Des imbéciles, purement et
simplement ! Et ceux qui sont un peu plus intelligents et
qui pourraient avoir plus d'envergure, ils sont hystéri-
ques, obsédés par l'analyse, le conditionnement... Ils
sont geignards, pleins de haine, maladivement médi-
380 sants. Ils abordent l'autre de biais avec un regard en
coin et ils décrètent : « Oh ! celui-là c'est un psychopa-
the ! », ou bien « C'est un phraseur* ! » Et quand ils ne
savent plus quelle étiquette vous coller sur le front, alors
ils disent : « C'est un homme bizarre, bizarre ! » J'aime
la forêt — c'est bizarre —, je ne mange pas de viande —
c'est encore bizarre. Il n'y a plus de sentiments spontanés, purs, libres, ni pour la nature, ni entre les hommes... Non, plus rien ! Rien de rien ! Rien !

Il veut boire.

SONIA, *l'en empêchant.* Non. Je vous le demande ! Je vous
390 en supplie ! Ne buvez plus !

ASTROV. Pourquoi ?

SONIA. Ça vous va si mal ! Vous êtes si élégant ! Vous avez
une voix si douce... Mieux encore... Je ne connais personne qui vous ressemble ! Vous êtes si beau ! Pourquoi
voulez-vous donc ressembler à ces gens ordinaires qui
boivent et jouent aux cartes ? Oh ! ne faites plus cela, je
vous en supplie ! Vous dites toujours que les hommes ne
créent pas, qu'ils ne font que détruire ce que le ciel leur
a donné. Alors pourquoi, pourquoi vous détruire vous-
400 même ? Il ne faut pas. Il ne faut pas. Je vous en supplie !
Je vous en supplie !

ASTROV, *lui tendant la main.* Je ne boirai plus.

* En français dans le texte.

SONIA. Donnez-moi votre parole.

ASTROV. Parole d'honneur.

SONIA, *lui serrant fortement la main.* Merci !

ASTROV. Basta ! Me voilà dessoûlé. Vous voyez... je suis déjà parfaitement normal. Je resterai comme ça jusqu'à la fin de mes jours. *(Il regarde sa montre.)* Mais conti-nuons... Je disais : mon heure est passée. Il est trop tard
410 pour moi... j'ai vieilli, je suis abruti de travail. Je suis devenu vulgaire. Tous mes sentiments se sont émoussés. Il me semble que je ne pourrai plus m'attacher à un être humain. Je n'aime personne et... je n'aimerai plus ja-mais... Ce qui pourrait peut-être encore me retenir, eh bien... c'est la beauté ! Là, je suis touché. Par exemple, il me semble que si Éléna Andréièvna le voulait, eh bien, elle pourrait en un seul jour me faire tourner la tête... Mais ce ne serait pas de l'amour, ni de l'affection...

Il se ferme les yeux avec la main et tressaille.

SONIA. Qu'avez-vous ?

ASTROV. C'est ça... Pendant le grand carême, j'ai eu un
421 malade qui est mort sous le chloroforme.

SONIA. Il serait temps de l'oublier. *(Un temps.)* Dites-moi, Mikhaïl Lvovitch... Si j'avais une amie ou une petite sœur, et si vous aviez appris qu'elle... eh bien, disons, qu'elle vous aime... comment auriez-vous réagi à cela ?

ASTROV, *haussant les épaules.* Je ne sais pas. Probablement d'aucune manière. Je lui aurais fait comprendre que je ne pourrais pas l'aimer... Oui, et que j'ai bien d'autres
430 choses à penser. De toute façon... ça ou pas ça... Si, je dois partir. Il est grand temps. Adieu, petite colombe ! Sinon, on est encore là jusqu'au matin. *(Il lui serre la main.)* Si vous permettez, je vais passer par le salon. J'ai peur d'être retenu par votre oncle.

Il sort.

SONIA, *seule.* Il ne m'a rien dit... Son âme et son cœur me
    sont encore fermés. Mais pourquoi je me sens si heu-
    reuse ? *(Elle rit de bonheur.)* Je lui ai dit : vous êtes si
    élégant, distingué. Vous avez une voix si douce...
    N'était-ce pas inconvenant ? Sa voix vibre, caresse...
440 Tiens ! je la sens dans l'air... Quand je lui ai parlé de ma
    petite sœur, il n'a pas compris... *(Se tordant les mains.)*
    Oh ! comme c'est affreux d'être laide ! comme c'est
    affreux ! Je sais que je suis laide. Je sais. Je sais.
    Dimanche dernier, en sortant de l'église, j'ai entendu
    qu'on parlait de moi. Une femme disait : « Elle est gen-
    tille, généreuse, quel dommage qu'elle soit si laide... »
    Laide...

Entre Éléna Andréièvna.

ÉLÉNA, *elle ouvre la fenêtre.* L'orage est passé. Comme l'air
449 est bon ! *(Un temps.)* Où est le docteur ?

SONIA. Parti.

Un temps.

ÉLÉNA. Sophie !

SONIA. Quoi ?

ÉLÉNA. Jusqu'à quand allez-vous me faire la tête ? On ne
    s'est fait aucun mal, toutes les deux. Pourquoi serions-
    nous ennemies ? Ça suffit...

SONIA. Je voulais moi-même... *(Elle la serre dans ses bras.)*
    Il ne faut plus être fâchées.

ÉLÉNA. Voilà, c'est parfait.

Toutes deux sont très émues.

SONIA. Papa est allé se coucher ?

ÉLÉNA. Non. Il est au salon... On ne se parle pas pendant
461 des semaines entières. Pourquoi ? Dieu seul le sait...
    (Voyant le buffet ouvert.) Qu'est-ce que c'est ?

SONIA. C'est Mikhaïl Lvovitch qui a soupé.

ÉLÉNA. Il y a même du vin... Allons-y ! Trinquons à notre amitié[1] et tutoyons-nous.

SONIA. Allons-y !

ÉLÉNA. Dans le même verre. *(Elle remplit le verre.)* C'est mieux comme ça. Bon. Alors : « tu » ?

SONIA. « Tu. » *(Elles boivent et s'embrassent.)* Depuis long-
470 temps je voulais me réconcilier avec toi. Mais j'avais honte...

> *Elle pleure.*

ÉLÉNA. Mais pourquoi pleures-tu ?

SONIA. Pour rien. C'est moi... Je suis comme ça.

ÉLÉNA. Mais oui. Mais oui, bien sûr... *(Elle pleure.)* Drôle de petite bonne femme... Voilà... je pleure moi aussi. *(Un temps.)* Tu m'en veux parce que tu crois que j'ai épousé ton père par intérêt... Si tu crois aux serments, eh bien, je te le jure — je l'ai épousé par amour. J'ai été séduite par le savant. Par l'homme célèbre. Ce n'était
480 pas un amour vrai. C'était faux. Mais pour moi, à cette époque, il était vrai. Je ne suis pas coupable. Et toi. Depuis notre mariage, tes yeux intelligents soupçonnent et n'arrêtent pas de me condamner.

SONIA. Eh bien, paix, paix ! N'y pensons plus !

ÉLÉNA. Il ne faut plus avoir ce regard-là, ça ne te va pas. Il faut faire confiance aux gens. Sinon, la vie n'est plus possible.

> *Un temps.*

SONIA. Dis-moi. En toute conscience, comme un ami... Tu
489 es heureuse ?

ÉLÉNA. Non.

SONIA. Je le savais. Encore une question. Dis-moi sincèrement. Tu aurais voulu avoir un mari jeune ?

ÉLÉNA. Quelle petite fille tu fais ! Bien sûr, que j'aurais
voulu. *(Elle rit.)* Eh bien, demande-moi encore quelque
chose. Demande...

SONIA. Le docteur te plaît ?

ÉLÉNA. Oui. Beaucoup.

SONIA, *elle rit.* J'ai une drôle de tête... J'ai l'air idiot, non ?
Il est parti. Et moi je continue à entendre sa voix et ses
500 pas. Si je regarde sur la vitre noire, son visage apparaît.
Laisse-moi te dire tout... mais je ne peux pas le dire à
voix haute. J'ai honte. Allons dans ma chambre. Là
nous pourrons parler. Tu me trouves bête ? Avoue...
Dis-moi quelque chose de lui...

ÉLÉNA. Quoi donc ?

SONIA. Il est intelligent... Il sait tout faire. Il peut tout... Il
sait et soigner les malades et planter des arbres...

ÉLÉNA. Il n'est pas question des arbres, ni de la médecine...
Ma chérie, comprends. Il s'agit du talent[1] ! Sais-tu ce
510 que ça veut dire, le talent ? Le courage, l'indépendance
d'esprit, l'envergure... Planter un jeune arbre et déjà pré-
voir ce qu'il donnera dans mille ans. Porter en soi-
même le bonheur futur de l'humanité... De tels êtres
sont rares. Il faut les aimer... Il boit. Il lui arrive d'être
grossier. Mais quelle importance ? En Russie, un homme
de talent est toujours obligé de se salir un peu. Imagine-
toi ce que peut être la vie de ce docteur ! Les routes
pleines de boue. Le gel. Les tempêtes de neige. Les énormes distances. Une population grossière, sauvage. Être
520 constamment entouré de misère, de maladies. Dans de
telles conditions, il est difficile pour celui qui travaille et
qui lutte, jour après jour, d'atteindre les quarante ans en
restant sobre et les mains blanches. *(Elle l'embrasse.)* De
toute mon âme, je te souhaite de rester heureuse... *(Elle*

se lève.) Mais moi, je ne suis qu'ennui. Une figurante...
Et dans la musique et dans la maison de mon mari et
dans l'histoire même de ma vie — partout — je n'ai été
qu'une figurante. Au fond, Sonia, quand on y pense — je
suis finalement très malheureuse ! *(Elle arpente la scène,*
530 *très émue.)* Il n'y a pas de bonheur pour moi dans ce
monde. Non ! Pourquoi ris-tu ?

SONIA, *elle rit en se couvrant le visage.* Je suis si heureuse...
heureuse !

ÉLÉNA. J'ai envie de jouer !... Je jouerais bien quelque
chose au piano, maintenant !

SONIA. Joue ! *(Elle la serre dans ses bras.)* Je ne peux pas
dormir... Joue !

ÉLÉNA. Tout de suite. Ton père ne dort pas. Quand il est
malade, la musique lui tape sur les nerfs. Va demander.
540 Si cela ne lui fait rien, je jouerai. Va.

SONIA. Tout de suite.

> *Elle sort.*
> *Dans le jardin, on entend le veilleur de nuit tambou-*
> *riner.*

ÉLÉNA. Il y a si longtemps que je n'ai plus joué. Je vais
jouer et pleurer — pleurer —, comme une idiote. *(Par la*
fenêtre.) C'est toi qui frappes, Iéfime ?

VOIX DU VEILLEUR DE NUIT. C'est moi !

ÉLÉNA. Ne frappe plus. Monsieur n'est pas bien.

VOIX DU VEILLEUR DE NUIT. Je m'en vais tout de suite !
(Il siffle les chiens.) Hep là-bas ! Joutchka, Maltchik, p'tit
549 Jouk !

> *Un temps.*

SONIA, *revenant.* Interdit !

Rideau

Acte III

Le salon, dans la maison de Sérébriakov.
Trois portes : à droite, à gauche et au milieu.

Jour.

Vania et Sonia sont assis. Éléna Andréièvna arpente la scène, l'esprit préoccupé.

VANIA. Le Herr Professor a daigné exprimer le désir de nous voir tous réunis, aujourd'hui, dans ce salon, à une heure de l'après-midi. *(Il regarde sa montre.)* Une heure moins le quart. Il veut faire une révélation sur, je ne sais quoi à l'humanité !

ÉLÉNA. C'est certainement une question d'affaire.

VANIA. Quelles affaires ? Il n'a pas d'affaires ! Il n'a que ses écrits... des inepties ! Sa mauvaise humeur, sa jalousie, et rien d'autre.

SONIA, *sur un ton de reproche.* Mon oncle !

VANIA. Bon, bon, c'est ma faute. *(Il désigne Éléna.)* Admirez-la ! Elle va, elle vient. Elle titube de paresse. C'est tout à fait charmant ! Tout à fait !

ÉLÉNA. Vous êtes comme un bourdon. Toute la journée, ça bourdonne, ça bourdonne, vous n'en avez pas assez à la fin ? *(Avec tristesse.)* Je meurs d'ennui, je ne sais pas quoi faire.

SONIA, *haussant les épaules.* Ce n'est pas le travail qui
19 manque ! Si seulement tu voulais...

ÉLÉNA. Quoi par exemple ?

SONIA. Occupe-toi de la maison, tu pourrais enseigner... Soigne les malades ! Je ne sais pas, moi ! Tiens, quand vous n'étiez pas là, papa et toi, nous allions avec oncle Vania au marché, vendre nous-mêmes la farine.

ÉLÉNA. J'en serais bien incapable. D'ailleurs, ça ne m'inté-resse pas. Ce n'est que dans les romans à thèse qu'on instruit et soigne les paysans[1]. Comment veux-tu que moi — sans rime ni raison — je me mette brusquement
29 à les instruire ou à les soigner ?

SONIA. Et moi, justement, je ne comprends pas pourquoi tu ne t'y mettrais pas et pourquoi tu ne les instruirais pas. Un peu de patience et tu finiras par t'y habituer. *(Elle serre Éléna dans ses bras.)* Tu ne devrais pas t'ennuyer, ma chérie ! *(Elle rit.)* Tu t'ennuies, tu ne sais pas quoi faire... Mais l'ennui et le désœuvrement finissent par être contagieux. Regarde : oncle Vania ne fait plus rien, si ce n'est de te suivre comme une ombre. Moi, j'ai abandonné tout mon travail pour venir parler avec toi. J'ai cédé à la paresse. Je n'ai pas le droit !. Le docteur
40 Mikhaïl Lvovitch, qui, autrefois, ne venait chez nous que très rarement, et encore il fallait le supplier, il vient ici tous les jours, maintenant. Il a laissé tomber ses forêts et sa médecine... Il faut que tu sois une sor-cière[2] !

VANIA. Pourquoi se tourmenter ? *(Vivement.)* Voyons, ma chérie, ma merveille, soyez lucide ! Dans vos veines coule un sang de sirène, soyez donc une sirène ! Soyez

libre, au moins une fois dans votre vie ! Dépêchez-vous
de tomber follement amoureuse d'un quelconque génie
50 des eaux [1] — et plouf ! Plongez dans le tourbillon la tête
la première ! Faites-nous cette surprise. Que les bras
nous en tombent, au Herr Professor et à nous !...

ÉLÉNA, *avec colère.* Laissez-moi tranquille ! C'est trop
cruel !

Elle veut partir.

VANIA, *l'en empêchant.* Voyons, ma joie ! Pardonnez-moi.
Je vous demande pardon. *(Lui embrassant la main.)*
Faisons la paix.

ÉLÉNA. Un ange perdrait patience, avouez-le...

VANIA. En signe de paix et de réconciliation, je vais tout de
60 suite vous apporter un bouquet de roses. Ce matin déjà,
je vous avais préparé des roses d'automne — ravissantes, tristes roses...

Il sort.

SONIA. Roses d'automne — ravissantes, tristes roses...

Toutes deux regardent par la fenêtre.

ÉLÉNA. Septembre déjà... Quand je pense que nous allons
passer l'hiver ici ! *(Un temps.)* Où est le docteur ?

SONIA. Dans la chambre d'oncle Vania. Il est en train
d'écrire. Je suis contente qu'oncle Vania soit parti. J'ai
68 besoin de te parler.

ÉLÉNA. De quoi ?

SONIA. De quoi ?

Elle met sa tête sur la poitrine d'Éléna.

ÉLÉNA. Voilà... assez... assez... *(Elle lisse les cheveux de*
72 *Sonia.)* Assez...

SONIA. Je suis laide.

ÉLÉNA. Tu as des cheveux magnifiques.

SONIA. Non ! *(Elle se retourne pour se regarder dans la glace.)* Non ! Quand une femme est laide, on lui dit : « Vous avez de beaux yeux, vous avez des cheveux magnifiques... » Je l'aime depuis six ans, je l'aime plus que ma propre mère. Je l'entends, je sens la pression de
80 sa main à tout moment. Je regarde la porte, j'attends, j'ai sans arrêt l'impression qu'il va entrer... là... maintenant. Voilà, tu vois, je viens sans cesse te trouver pour te parler de lui. Maintenant, il est ici tous les jours. Il ne me regarde pas, il ne me voit pas... C'est une telle souffrance ! Je n'ai aucun espoir. Aucun ! aucun ! *(Désespérée.)* Oh ! mon Dieu, donne-moi des forces !... J'ai prié toute la nuit... Souvent, je vais à lui, c'est moi qui prends l'initiative de lui parler, je le regarde dans les yeux... Je perds toute fierté, je n'ai plus la force de me
90 dominer... Hier, je n'ai pas pu m'empêcher d'avouer à oncle Vania... que j'aimais !... Tous les domestiques savent que je l'aime. Tout le monde sait.

ÉLÉNA. Et lui ?

SONIA. Non. Il ne me remarque pas.

ÉLÉNA, *réfléchissant.* C'est un homme étrange. Tu sais quoi ? Permets-moi de lui parler... Je ne ferai que des allusions... je serai prudente !... *(Un temps.)* C'est vrai, pourquoi rester dans l'incertitude. Tu veux ? *(Sonia fait un signe de tête affirmatif.)* Très bien ! Il aime ou il
100 n'aime pas. Ce n'est pas difficile à savoir. Ne t'inquiète pas, ma petite colombe, ne t'inquiète pas ! Je l'interrogerai avec tellement de précaution — il ne s'apercevra de rien. Il nous faut simplement savoir si : oui ou non ? *(Un temps.)* Si c'est non, alors qu'il parte — c'est ça ?

(Sonia fait un signe de tête affirmatif.) Loin des yeux...
Loin du cœur !...
Bon, inutile de remettre à plus tard. Allons lui demander tout de suite. Il avait l'intention de me montrer je ne
sais quels plans... Va lui dire que je souhaite le voir.

SONIA, *profondément troublée.* Tu me diras toute la
vérité ?

ÉLÉNA. Mais bien sûr. Il me semble que la vérité, quelle
qu'elle soit, c'est tout de même moins terrible que l'incertitude. Compte sur moi, ma petite colombe.

SONIA. Oui... Oui... Je vais lui dire que tu veux voir ses
dessins... *(Elle s'en va, puis s'arrête près de la porte.)*
Non, l'incertitude c'est mieux... il y a l'espoir au
moins...

ÉLÉNA. Qu'est-ce que tu as ?

SONIA. Rien.

   Elle sort.

ÉLÉNA, *seule.* Il n'y a rien de pire que de connaître le secret
de l'autre et de ne pas pouvoir l'aider. *(Réfléchissant.)* Il
n'est pas amoureux d'elle — c'est clair. Mais pourquoi
ne l'épouserait-il pas ? Elle est laide, mais pour un médecin de campagne — à son âge — elle serait une femme
parfaite. Une petite fille intelligente, si gentille, tellement
pure... Non, ce n'est pas ça, pas ça...

   Un temps.

Je comprends cette pauvre petite. Au milieu de cet
ennui atroce, où errent autour de vous je ne sais quelles
taches grises à la place des êtres vivants, quand on n'entend que des banalités, quand on ne fait que manger,
boire, dormir... alors quand il apparaît — lui — de
temps en temps, c'est comme un clair de lune au milieu

des ténèbres — lui, si différent des autres... beau, intéressant, séduisant... Succomber au charme d'un tel
homme !... S'abandonner !... On pourrait croire que j'en
suis moi-même un peu amoureuse... C'est vrai... Je
m'ennuie sans lui... Voilà, je souris, rien qu'en pensant à
lui... Et cet oncle Vania... Il dit que du sang de sirène
140 coule dans mes veines : « Soyez libre, au moins une fois
dans votre vie. » Oui... peut-être... C'est ce qu'il faudrait... s'envoler libre comme un oiseau... loin de tous...
loin de vos figures somnolentes, de vos conversations...
Oublier jusqu'à votre existence à tous dans ce monde...
Mais je suis si peureuse, si timide... Ma conscience
n'aurait plus de répit... Voilà, il est ici tous les jours, je
devine pourquoi il vient et je me sens déjà coupable, je
suis prête à tomber à genoux devant Sonia, lui demander pardon, pleurer...

ASTROV, *entre avec une cartographie.* Bonjour ! *(Il lui serre*
151 *la main.)* Vous vouliez voir ma peinture ?

ÉLÉNA. Hier, vous m'aviez promis de me montrer vos travaux... Vous avez un moment ?

ASTROV. Oh ! bien sûr. *(Il déroule la carte sur la table de*
jeu et la fixe avec des punaises.) Où êtes-vous née ?

ÉLÉNA, *en l'aidant.* A Saint-Pétersbourg.

ASTROV. Et quelle formation avez-vous ?

ÉLÉNA. Le conservatoire de musique.

ASTROV. Oh ! alors, c'est peut-être sans intérêt pour
160 vous.

ÉLÉNA. Pourquoi ? C'est vrai, je ne connais pas la campagne, mais j'ai beaucoup lu.

ASTROV. J'ai ici, dans cette maison, ma propre table... dans
la chambre d'Ivan Pétrovitch. Quand je suis complètement épuisé, abruti de travail, alors je laisse tout tom-

ber, j'accours ici et je m'amuse avec ce truc-là pendant
des heures... Ivan Pétrovitch et Sonia Alexandrovna
font claquer leurs bouliers en faisant les comptes. Moi,
je suis assis près d'eux à ma table et je barbouille... Il
170 fait bon, calme, le grillon chante. C'est un plaisir que je
ne me permets pas souvent, une fois par mois... *(Mon-
trant la carte.)* Maintenant, regardez là. La carte de notre
province, telle qu'elle était il y a cinquante ans. Les
couleurs vert clair et vert foncé indiquent les forêts. La
moitié de toute la surface est occupée par la forêt. Ici,
j'ai quadrillé en rouge sur le vert. Cela veut dire qu'il y
avait des élans et des chèvres en abondance... Je montre
là, la faune et la flore. Sur ce lac vivaient des cygnes, des
oies, des canards, et comme disent les vieux : « Il y
180 avait quantité d'oiseaux de toutes sortes... des tas et des
tas... ils volaient par nuées. » En dehors des villages et
des campagnes, vous voyez disséminés par-ci par-là,
quelques hameaux, des petites fermes, des monastères,
des moulins à eau. Il y avait beaucoup de bétail à cornes
et des chevaux. On le voit à la couleur bleue. Par exemple, dans cette commune, j'ai étalé la couleur bleue en
couche épaisse. Il y avait là des troupeaux de chevaux et
chaque foyer possédait au moins trois chevaux.

Un temps.

Maintenant, voyons plus bas. Voilà comment c'était il y
190 a vingt-cinq ans. Là, les forêts ne couvrent plus qu'un
tiers de toute la surface. Il n'y a déjà plus de chèvres,
mais il reste des élans... Le vert et le bleu sont déjà plus
clairs, etc., etc. Passons à la troisième partie : la carte de
la province dans sa réalité actuelle. La couleur verte
perd son aspect uniforme, elle se fragmente en petites
taches par-ci par-là. Les élans, les cygnes, les coqs de
bruyère ont disparu... Des anciens hameaux, des petites
fermes, des monastères, des moulins, plus aucune trace.

En fait, la carte nous montre la dégradation progressive
200 et indubitable qui n'a peut-être plus que dix ou quinze
ans pour devenir totale. Vous me direz que c'est là un
phénomène de civilisation, que les anciennes formes de
vie doivent naturellement laisser place aux nouvelles.
Oui, je pourrais le comprendre si à la place de nos forêts
détruites avaient surgi des routes, des chemins de fer,
des usines, des fabriques, des écoles, si le peuple était
devenu bien-portant, plus riche, plus intelligent, mais
voilà... ici, rien de semblable ! Dans la province, toujours les mêmes marais, les moustiques, toujours pas de
210 route, la misère, le typhus, la diphtérie, les incendies...
Nous avons à faire ici à la dégénérescence — résultat de
la lutte implacable pour la vie. Dégénérescence causée
par l'inertie, l'ignorance. Un manque total de conscience
livrant l'homme au froid, aux famines, à la maladie.
Pour sauver ce qui lui reste de vie, pour sauver ses
enfants, l'homme s'agrippe instinctivement, inconsciemment, à tout ce qui peut apaiser sa faim, le réchauffer —
il détruit n'importe quoi, sans penser au lendemain...
Tout est déjà presque détruit, mais par contre rien n'est
220 encore créé. *(Froidement.)* Je vois à votre visage que cela
ne vous intéresse pas.

ÉLÉNA. Je ne comprends pas bien toutes ces choses.

ASTROV. Mais il n'y a là rien à comprendre. Cela ne vous
intéresse pas, tout simplement.

ÉLÉNA. Pour parler franchement, j'ai l'esprit préoccupé par
autre chose. Pardonnez-moi, je dois vous soumettre à
un petit interrogatoire... mais je suis un peu embarras-
sée... je ne sais pas par où commencer...

ASTROV. Un interrogatoire ?

ÉLÉNA. Oui, un interrogatoire, mais... Tout à fait innocent.
231 Asseyons-nous ! *(Ils s'assoient.)* C'est à propos d'une

jeune personne. Parlons en toute honnêteté, comme des amis, sans détours. Nous parlerons et puis nous oublierons ce que nous avons dit... d'accord ?

ASTROV. D'accord.

ÉLÉNA. Il s'agit de ma belle-fille, Sonia. Elle vous plaît ?

ASTROV. Oui, j'ai de l'estime pour elle.

ÉLÉNA. Elle vous plaît... comme femme ?

Un temps.

ASTROV. Non.

ÉLÉNA. Encore deux ou trois mots — et c'est fini. Vous
241 n'avez rien remarqué ?

ASTROV. Rien.

ÉLÉNA, *lui prenant la main.* Vous ne l'aimez pas. Je le vois dans vos yeux... Elle souffre... Comprenez-le et... cessez de venir ici.

ASTROV *se lève.* Mon temps est passé... et puis je n'ai pas le temps. *(Haussant les épaules.)* Pas le temps... pour moi ?

Il est gêné.

ÉLÉNA. Bah ! Quelle conversation désagréable ! Je suis dans
250 un tel état... c'est comme si j'avais porté des tonnes sur mes épaules. Bon, Dieu merci, c'est terminé. Oublions cette conversation. Faisons comme si rien n'avait été dit et... et partez. Vous êtes un homme intelligent, vous comprendrez... *(Un temps.)* J'en suis devenue toute rouge.

ASTROV. Si vous m'aviez parlé de cela il y a un mois ou deux, j'aurais pu, peut-être, encore y penser, mais maintenant... *(Haussant les épaules.)* Si elle souffre, alors, bien sûr... Seulement, il y a une chose que je ne com-

260 prends pas. Pourquoi avez-vous eu besoin de cet interrogatoire ? *(Il la regarde avec insistance dans les yeux et
la menace du doigt.)* Vous, vous êtes rusée !

ÉLÉNA. Qu'ést-ce que ça veut dire ?

ASTROV, *riant.* Rusée ! Admettons que Sonia souffre, bon,
d'accord ! Mais pourquoi cet interrogatoire ? *(L'empêchant de parler, vivement.)* Permettez, ne faites pas
l'étonnée, vous savez parfaitement pourquoi je viens ici
tous les jours. Pourquoi et pour qui je viens. Vous le
savez parfaitement. Mon adorable petit rapace... Ne me
270 regardez pas comme ça, je suis un vieux moineau...

ÉLÉNA, *perplexe.* Un rapace ? Je ne comprends rien.

ASTROV. Belle petite fouine si douce... C'est des victimes
qu'il vous faut ! Ça fait déjà un mois que je ne fais plus
rien... J'ai tout laissé tomber... Je vous cherche avec une
telle avidité... et ça... ça vous plaît terriblement... terriblement... Eh bien quoi ?... Je suis vaincu, vous le
sàviez... et sans interrogatoire. *(Il croise ses bras et baisse
la tête.)* Je me rends ! Vas-y, mange !

ÉLÉNA. Mais vous êtes devenu fou !

ASTROV, *riant, les dents serrées.* Je vous trouve bien
281 timide...

ÉLÉNA. Oh ! je suis meilleure... je suis à un niveau plus
élevé que vous ne l'imaginez ! Je vous le jure !

   Elle veut partir.

ASTROV, *lui barrant la route.* Je vais partir aujourd'hui, je
ne viendrai plus ici, mais... *(Il lui prend la main et jette
un regard autour de lui.)* Où pouvons-nous nous retrouver ? Dites vite ! Où ? Quelqu'un peut entrer, dites vite !
(Passionnément.) Comme vous êtes belle, comme vous
êtes merveilleuse... Un baiser, un seul... Oh ! si seulement je pouvais embrasser vos cheveux parfumés.

ÉLÉNA. Je vous jure...

ASTROV, *l'empêchant de parler.* Jurer quoi ? Il ne faut rien
   jurer. Pas de paroles inutiles... Oh ! comme elle est
   belle ! Ah ! ces mains !

   Il lui embrasse les mains.

ÉLÉNA. Ça suffit, à la fin... Allez-vous-en... *(Elle retire ses
   mains.)* Vous perdez la tête.

ASTROV. Allez, dites, dites, où nous retrouver demain ? *(Il
   la prend par la taille.)* Tu vois, c'est inévitable, il faut
300 que nous nous voyions.

   Il l'embrasse.
   *A ce moment entre Vania, un bouquet de roses à la
   main.*
   Il s'arrête à la porte.

ÉLÉNA, *sans voir Vania.* Pitié... Laissez-moi. *(Elle appuie sa
   tête sur la poitrine d'Astrov.)* Non !

   Elle veut partir.

ASTROV, *la retenant par la taille.* Viens demain dans la
   maison forestière... Deux heures... Oui ? Dis ? Tu vien-
   dras ?

ÉLÉNA, *apercevant Vania.* Lâchez-moi ! *(Elle va à la fenêtre, extrêmement gênée.)* C'est affreux.

VANIA *pose le bouquet sur la chaise. Il est bouleversé. Il
   s'essuie le visage et le cou avec son mouchoir.* Ce n'est
310 rien... Oui... rien...

ASTROV, *renfrogné.* Le temps n'est pas si mal, aujourd'hui,
   mon très cher Ivan Pétrovitch. Il faisait gris ce matin...
   on avait l'impression qu'il allait pleuvoir... et maintenant il y a du soleil. On ne peut pas se plaindre, on a un
   bel automne... le blé n'est pas mauvais. *(Il roule la carte
   et la range dans son étui.)* Mais seulement voilà : les
   jours raccourcissent...

Il sort.

ÉLÉNA *se précipite sur Vania.* Faites tout votre possible, employez tous les moyens pour que mon mari et moi 320 nous partions d'ici aujourd'hui même ! Vous entendez ? Aujourd'hui même !

VANIA, *s'essuyant le visage.* Hein ? Oui... bon... j'ai tout vu, Hélène, tout...

ÉLÉNA, *nerveusement.* Vous entendez ? Je dois partir d'ici aujourd'hui même !

Entrent Sérébriakov, Sonia, Tiéliéguine et Marina.

TIÉLIÉGUINE. Moi aussi, Votre Excellence, je ne me sens pas tout à fait bien. Voilà déjà deux jours que je suis malade. C'est la tête... je ne sais pas...

SÉRÉBRIAKOV. Où sont les autres ? Je n'aime pas cette 330 maison. C'est un véritable labyrinthe. Vingt-six chambres immenses, tout le monde dispersé, et vous ne pouvez jamais trouver personne. *(Il sonne.)* Faites venir ici Maria Vassilièvna et Éléna Andréièvna !

ÉLÉNA. Je suis ici.

SÉRÉBRIAKOV. Mesdames-messieurs, veuillez vous asseoir.

SONIA, *s'approchant d'Éléna, impatiente.* Qu'est-ce qu'il a dit ?

ÉLÉNA. Plus tard.

SONIA. Tu trembles ? Tu es émue ? *(Elle scrute le visage d'Éléna.)* Je comprends... Il a dit qu'il ne viendra plus ici... C'est ça ? *(Un temps.)* Dis, c'est ça ?

Éléna fait un signe de tête affirmatif.

SÉRÉBRIAKOV, *à Tiéliéguine.* On peut encore s'arranger avec la maladie, on n'a pas le choix ! Mais ce que je ne peux pas digérer, c'est le régime de vie à la campagne. J'ai le sentiment d'être tombé sur une autre planète. Asseyez-vous, mesdames-messieurs, je vous en prie. Sonia !

Sonia ne l'entend pas. Elle se tient debout, triste, tête baissée.

SÉRÉBRIAKOV. Sonia ! *(Un temps.)* Elle n'entend pas. *(A* 350 *Marina.)* Et toi nourrice, assieds-toi. *(La nourrice s'assoit et tricote un bas.)* Je vous en prie, mesdames, messieurs. « Accrochez, pour ainsi dire, vos oreilles au clou de l'attention. »

Il rit.

VANIA, *perturbé.* On n'a peut-être pas besoin de moi ? Je peux m'en aller ?

SÉRÉBRIAKOV. Non, tu es ici celui dont on a le plus besoin.

VANIA. Que me voulez-vous ?

SÉRÉBRIAKOV. Vous ?... pourquoi te fâches-tu ? *(Un* 360 *temps.)* Si j'ai des torts envers toi, je te prie de me pardonner.

VANIA. Laisse tomber ce ton. Allez ! au fait... Qu'est-ce que tu veux ?

Entre Maria Vassilièvna.

SÉRÉBRIAKOV. Ah ! voilà maman* ! Mesdames, messieurs, je commence.

Un temps.

Mesdames, messieurs... « je vous ai réunis afin de vous communiquer une nouvelle assez fâcheuse : Il nous arrive un Révizor[1] !... » Enfin, plaisanterie mise à part... L'affaire est sérieuse. Mesdames-messieurs, je vous ai

* En français dans le texte.

370 rassemblés pour vous demander aide et conseil, et connaissant votre bienveillance naturelle j'espère que vous ne me les refuserez pas. Je suis un homme de science, je ne vis que par les livres, je suis en dehors de la vie pratique. Il m'est impossible de traiter une affaire sans le conseil de personnes compétentes. — Et je te demande à toi, Ivan Pétrovitch, à vous Ilia Ilitch, à vous maman... *« Manet omnes una nox*[1] *»*, le fait est là. Autrement dit, nous sommes tous dans la main de Dieu. Je suis vieux, malade, et c'est pourquoi je considère 380 qu'il est temps de régulariser ma situation matérielle, dans la mesure où elle concerne toute ma famille. Ma vie tire déjà à sa fin. Ce n'est pas à moi que je pense, mais j'ai une femme jeune et une fille à marier.

Un temps.

Il m'est impossible de continuer à vivre à la campagne. Nous ne sommes pas faits pour la campagne. Et vivre en ville, avec seulement les revenus de la propriété, c'est impossible. En supposant que nous vendions la forêt, ce serait là une mesure extraordinaire, que nous ne pourrions pas renouveler chaque année. Il faut trouver des 390 mesures qui nous garantiraient un chiffre de revenu stable, plus ou moins déterminé. J'ai donc eu l'idée d'une mesure que j'ai l'honneur de soumettre à votre jugement. En passant sur les détails, je vous l'expose dans les grandes lignes : notre propriété ne nous rapporte pas en moyenne plus de deux pour cent. Je vous propose de la vendre. Si nous convertissons l'argent gagné en titres de rente, nous pourrons en obtenir quatre à cinq pour cent, et je pense qu'il y aura même un surplus de quelques milliers de roubles qui nous permettrait d'acheter 400 une petite villa en Finlande.

VANIA. Attends... J'ai comme l'impression d'avoir mal entendu. Répète ce que tu as dit.

Nicole Garcia et Henri Virlojeux.
Mise en scène de J.-P. Miquel.
(Théâtre de l'Odéon, 1977.)

SÉRÉBRIAKOV. Convertir l'argent en titres de rente et, avec ce qui restera, acheter une villa en Finlande.

VANIA. Pas la Finlande... Tu as dit encore autre chose.

SÉRÉBRIAKOV. Je propose de vendre la propriété.

VANIA. Voilà, c'est ça. Tu vas vendre la propriété, très bien, une riche idée... Et ma vieille mère... et Sonia... et moi... pour nous... qu'est-ce que tu décides ?

SÉRÉBRIAKOV. Nous réglerons chaque chose en son
411 temps. Pas tout à la fois, voyons !

VANIA. Attends... En effet, c'est clair pour moi. Jusqu'à présent je n'ai pas eu une goutte de bon sens — jusqu'à présent j'ai eu l'imbécillité de croire que cette propriété appartenait à Sonia. Mon pauvre père avait acheté cette propriété pour la dot de ma sœur. Jusqu'à présent j'ai été naïf, les lois, je ne les interprétais pas à la turque[1], je pensais que la propriété, à la mort de ma sœur, reviendrait à Sonia.

SÉRÉBRIAKOV. Oui, la propriété appartient à Sonia, en
421 effet. Qui dit le contraire ? Sans le consentement de Sonia, je ne me permettrais pas de la vendre. D'ailleurs, je proposais de le faire pour le bien de Sonia.

VANIA. C'est invraisemblable ! Invraisemblable ! Ou bien je suis devenu fou, ou bien... ou bien...

MARIA. Jean*, ne contredis pas Alexandre. Crois-moi, il sait mieux que nous tous ce qui est bien et ce qui est mal.

VANIA. Non... Donnez-moi un verre d'eau. *(Il boit.)* Dites
430 ce que vous voulez, ce que vous voulez !...

SÉRÉBRIAKOV. Je ne comprends pas... Pourquoi t'énerves-

* En français dans le texte.

tu comme ça ? Je ne dis pas que mon projet est idéal. Si tout le monde le trouve mauvais, eh bien, je n'insisterai pas.

Un temps.

TIÉLIÉGUINE, *gêné.* Moi, Votre Excellence, j'éprouve pour la science, non seulement de la vénération, mais également un sentiment de parenté. Le frère de la femme de mon frère Grigori Ilitch, dont vous avez peut-être daigné faire la connaissance, Constantin Trofimovitch
440 Lakediéménov, était maître en...

VANIA. Attends, la gaufre, nous parlons affaires... Attends un peu... plus tard... *(A Sérébriakov.)* Tiens, justement tu peux lui demander, à lui... Cette propriété a été achetée à son oncle.

SÉRÉBRIAKOV. Mais pourquoi je lui demanderais ? Pour quelle raison ?

VANIA. Cette propriété a été achetée à l'époque pour quatre-vingt-quinze mille roubles. Mon père n'en a payé que soixante-dix mille. Il resta donc une dette de vingt-
450 cinq mille. Maintenant, écoutez !... Cette propriété n'aurait pas été achetée si je n'avais pas renoncé à mon héritage en faveur de ma sœur que j'aimais passionnément. Ce n'est pas tout. J'ai travaillé dix ans comme un bœuf et j'ai remboursé toute la dette...

SÉRÉBRIAKOV. Je regrette d'avoir entamé cette discussion.

VANIA. Si la propriété est nettoyée de toutes ses dettes et n'est pas ruinée, c'est uniquement grâce à mes efforts personnels. Et voilà... Maintenant que je suis vieux, on
460 veut me chasser d'ici par la peau du cou !

SÉRÉBRIAKOV. Je ne comprends pas où tu veux en venir !

VANIA. Pendant vingt-cinq ans j'ai géré cette propriété, j'ai travaillé, je t'ai envoyé l'argent comme le plus consciencieux des intendants, et durant tout ce temps, tu ne m'as même pas dit merci une seule fois ! Tout ce temps !... Quand j'étais jeune et jusqu'à maintenant, je n'ai reçu de toi comme appointement que cinq cents roubles par an — salaire de misère ! Et pas une seule fois il ne t'est
470 venu à l'esprit de m'augmenter, ne serait-ce que d'un rouble !

SÉRÉBRIAKOV. Ivan Pétrovitch, comment pouvais-je savoir ? Je suis un homme dépourvu de tout sens pratique et qui ne comprend rien à toutes ces questions. Tu aurais pu toi-même t'augmenter autant que tu le voulais.

VANIA. Pourquoi n'ai-je pas volé ? Pourquoi ne me méprisez-vous pas tous de ne pas avoir volé ? Cela n'aurait été que justice, après tout... et aujourd'hui je ne serais pas
480 un mendiant !

MARIA, *avec sévérité.* Jean !

TIÉLIÉGUINE, *bouleversé.* Vania, mon petit... mon cher ami... il ne faut pas... il ne faut pas... j'en tremble... Pourquoi gâcher une si bonne entente ? *(Il l'embrasse.)* Il ne faut pas.

VANIA. Vingt-cinq ans que je suis avec cette mère-là, comme une taupe, assis entre quatre murs... Toutes nos pensées, tous nos sentiments n'étaient que pour toi seul. Le jour, nous ne parlions que de toi, de tes travaux,
490 nous étions fiers de toi, nous prononcions ton nom avec vénération... Les nuits, nous les avons gâchées à lire des revues et des livres que je méprise maintenant profondément !

TIÉLIÉGUINE. Il ne faut pas, Vania, il ne faut pas... Je ne peux plus...

SÉRÉBRIAKOV, *en colère.* Je ne comprends pas !... Qu'est-ce que tu veux ?

VANIA. Tu représentais pour nous l'essence même de l'ordre suprême, et tes articles nous les savions par cœur...
500 Mais maintenant mes yeux se sont ouverts ! Je vois tout ! Tu écris sur l'art, mais tu ne comprends rien à l'art ! Tous tes travaux que j'aimais — ça ne vaut pas un clou ! Tu nous as roulés !

SÉRÉBRIAKOV. Mesdames-messieurs ! Calmez-le donc, à la fin ! Je vais m'en aller.

ÉLÉNA. Ivan Pétrovitch, je vous ordonne de vous taire ! Vous entendez ?

VANIA. Je ne me tairai pas ! *(Barrant le chemin à Sérébriakov.)* Attends, je n'ai pas fini ! Tu as gâché ma vie ! Je
510 n'ai pas vécu... pas vécu ! A cause de toi, j'ai détruit, j'ai perdu les meilleures années de ma vie ! Tu es mon pire ennemi !

TIÉLIÉGUINE. Je ne peux plus... Je ne peux plus... Je vais m'en aller.

   Il sort, fortement bouleversé.

SÉRÉBRIAKOV. Qu'est-ce que tu veux de moi ? Et de quel droit te permets-tu de me parler sur ce ton ? Nullité ! Si cette propriété est à toi, alors prends-la, je n'en ai que faire.

ÉLÉNA. Je ne veux pas rester une minute de plus. Je quitte
520 cet enfer ! *(Elle crie.)* Je ne peux pas le supporter plus longtemps !

VANIA. Ma vie est perdue ! J'ai du talent, de l'intelligence, de l'audace. Si j'avais vécu normalement, j'aurais pu devenir un Schopenhauer, un Dostoïevski... je m'embrouille... je ne sais plus ce que je dis... je deviens fou... Maman, je suis désespéré ! Maman !

MARIA, *avec sévérité.* Tu vas obéir à Alexandre !

SONIA *se met à genoux devant la nourrice et se serre contre elle.* Ma petite nourrice ! Ma petite nourrice !

VANIA. Maman ! Qu'est-ce que je peux faire ? Non, ne dites
531 rien ! Je sais ce que je dois faire ! *(A Sérébriakov.)* Tu vas te souvenir de moi !

    Il sort par la porte du milieu.
    Maria Vassilièvna le suit.

SÉRÉBRIAKOV. Mesdames-messieurs, qu'est-ce que c'est que tout cela, à la fin ? Débarrassez-moi de ce malade mental ! Il n'est plus question que je vive sous le même toit que lui ! Il habite ici. *(Il montre la porte du milieu),* presque à côté de moi... Qu'il déménage ! Qu'il aille au village ou dans une aile de la maison ! Sinon, c'est moi qui partirai d'ici ! Mais rester dans la même maison que
540 lui... ça, je ne le peux plus !

ÉLÉNA, *à son mari.* Nous allons partir d'ici aujourd'hui même ! Il faut tout de suite donner des ordres !

SÉRÉBRIAKOV. Un être aussi nul !

SONIA, *à genoux, elle se tourne vers son père, nerveuse, à travers les larmes.* Il faut être charitable, papa ! Oncle Vania et moi, nous sommes si malheureux. *(Dominant son désespoir.)* Il faut être charitable ! Rappelle-toi, quand tu étais plus jeune, oncle Vania et grand-mère passaient des nuits entières à traduire des livres pour toi,
550 à recopier tes manuscrits... Toutes les nuits ! Toutes les nuits ! On travaillait sans relâche, oncle Vania et moi. On avait peur de dépenser un kopeck pour nous-mêmes, on t'expédiait tout... Notre pain, nous ne l'avons pas volé ! Non, ce n'est pas ça... ce n'est pas ce que je veux dire... mais tu dois nous comprendre, papa... Il faut être charitable !

Claude Giraud et Danielle Volle.
Mise en scène de Jean-Laurent Cochet.
(Théâtre Hebertot, 1983.)

ÉLÉNA, *émue, à son mari.* Au nom du Ciel, Alexandre, va t'expliquer avec lui... Je t'en supplie.

SÉRÉBRIAKOV. Bon, je vais m'expliquer avec lui... Je ne
560 l'accuse de rien... Je ne me fâche pas... mais avouez-le, sa conduite est pour le moins étrange. Eh bien, soit ! je vais aller le trouver.

Il sort par la porte du milieu.

ÉLÉNA. Essaie d'être plus gentil avec lui, calme-le...

Elle sort après lui.

SONIA, *se serrant contre sa nourrice.* Nourrice ! Ma petite nourrice !

MARINA. Ce n'est rien, ma petite fille. Ça va cacarder comme des oies, puis ça s'arrêtera... ça va cacarder, puis ça s'arrêtera...

SONIA. Ma petite nourrice !

MARINA, *elle lui caresse la tête.* Tu trembles comme s'il
571 faisait froid ! Allons, allons ma petite orpheline, Dieu est bon. Un peu de tilleul ou de la framboise et ça passera... Ne t'en fais pas, petite orpheline... *(Jetant un coup d'œil vers la porte du milieu, avec humeur.)* Regarde-moi ça ! Elles se chamaillent, toutes ces oies ! Ah ! maudites bêtes !

Un coup de feu est tiré derrière la scène.
On entend crier Éléna.
Sonia tressaille.

MARINA. Houlà ! mon Dieu... Pourvu que...

SÉRÉBRIAKOV *entre en courant, titubant de frayeur.* Rete-
579 nez-le ! Il est devenu fou !

Éléna et Vania luttent dans les portes.

ÉLÉNA, *essayant de lui arracher le revolver.* Donnez-moi ça ! Rendez-le ! Je vous dis de me le rendre !

VANIA. Laissez, Hélène ! Laissez-moi ! *(Se libérant, il se
précipite et cherche des yeux Sérébriakov.)* Où est-il ?
Ah ! le voilà. *(Il tire sur lui.)* Pan ! *(Un temps.)* Raté ? J'ai
encore raté mon coup ? *(Avec colère.)* Ah ! que le diable... le diable, le diable m'emporte !

> *Il tape sur le sol avec le revolver.*
> *Épuisé, il s'assoit sur une chaise.*
> *Sérébriakov est abasourdi. Éléna s'est appuyée contre*
> *le mur, elle se trouve mal.*

ÉLÉNA. Emmenez-moi d'ici ! Emmenez-moi, tuez-moi !
mais... je ne peux plus rester ici... Je ne peux plus...

VANIA, *désespéré.* Qu'est-ce que je suis en train de faire ?
590 Oh ! mais, qu'est-ce que je fais ?

SONIA, *à voix basse.* Nourrice ! Ma petite nourrice !

Rideau

Acte IV

La chambre d'Ivan Pétrovitch.

C'est à la fois sa chambre à coucher et le bureau de la propriété. Près de la fenêtre, une grande table avec des livres de comptes et des papiers de toute sorte. Un bureau, des armoires, une balance. Une table, plus petite, pour Astrov. Sur cette table, des accessoires pour dessiner et peindre. A côté un carton à dessin. Une cage avec un sansonnet. Sur le mur une carte de l'Afrique qui manifestement n'est utile à personne. Un divan immense tendu de toile cirée. A gauche, une porte qui mène aux chambres. A droite une porte ouvrant sur le vestibule. Devant la porte de droite, il y a un paillasson pour que les paysans ne salissent pas.

Soir d'automne.
Grand silence.

Tiéliéguine et Marina sont assis l'un en face de l'autre.
Ils dévident un bas de laine.

TIÉLÉGUINE. Plus vite, Marina Timoféièvna, on va bientôt nous appeler pour faire nos adieux. On a déjà donné l'ordre d'amener les chevaux.

MARINA, *s'efforçant de dévider plus vite.* C'est presque fini.

TIÉLIÉGUINE. Ils partent pour Kharkov[1]. Ils vont vivre là-bas.

MARINA. Et c'est tant mieux !

TIÉLIÉGUINE. Ils ont eu si peur... Éléna Andréièvna répétait : « Même une heure, je ne voudrais plus vivre ici... Nous allons partir, oui, partir... Nous vivrons quelque temps à Kharkov, disait-elle, le temps de se retourner, et alors on enverra chercher nos affaires... » Ils partent sans bagages. C'est donc que leur destin n'était pas de vivre ici, Marina Timoféièvna... Non, ce n'est pas leur destin !... Prédestination ! Fatalité !...

MARINA. Et c'est tant mieux ! Ils ont fait un tel tapage, tout à l'heure, avec leur fusillade ! — c'est une honte !

TIÉLIÉGUINE. Oui, un sujet digne du pinceau d'un Aïvazovski[2].

MARINA. Oh ! mes yeux n'auraient pas dû voir !... *(Un temps.)* On va reprendre nos vieilles habitudes... comme avant. Le matin à huit heures : le thé ! à une heure : le déjeuner ! le soir, on se mettra à table pour dîner. Tout rentrera dans l'ordre, comme chez les honnêtes gens... en bons chrétiens ! *(Soupirant.)* Pauvre pécheresse que je suis ! Il y a bien longtemps que je n'ai pas mangé de nouilles !

TIÉLIÉGUINE. Oui, ça fait un petit bout de temps que nous n'avons pas fait de nouilles à la maison. *(Un temps.)* Un petit bout de temps... Ce matin, Marina Timoféièvna, je suis allé au village, et l'épicier s'est mis à crier : « Hé ! toi, le pique-assiette ! » Oh !... ça m'a touché ! ça m'a fait si amer !

MARINA. Ne fais donc pas attention à tout ça, mon petit

père. On a tous été des pique-assiette dans la maison du
Bon Dieu ! Et puis personne ne reste sans rien faire... ici
on travaille tous, toi, Sonia, Ivan Pétrovitch... Tous ! Où
est Sonia ?

TIÉLIÉGUINE. Dans le jardin, avec le docteur... Elle cher-
41 che Ivan Pétrovitch. Ils ont peur qu'il ne retourne son
arme contre lui-même.

MARINA. Où est son pistolet ?

TIÉLIÉGUINE, *à voix basse.* Je l'ai caché dans la cave.

MARINA, *avec un petit sourire.* Oh ! Mais c'est un pé-
ché !

> *Venant de la cour, entrent Vania et Astrov.*

VANIA. Laisse-moi ! *(A Marina et Tiéliéguine.)* Sortez d'ici !
Laissez-moi seul — au moins une heure ! je ne supporte
49 plus cette surveillance.

TIÉLIÉGUINE. Tout de suite, Vania.

> *Il sort sur la pointe des pieds.*

MARINA. Quel vieux dindon ! gâ-gâ-gâ...

> *Elle ramasse sa laine et sort.*

VANIA. Laisse-moi !

ASTROV. Avec le plus grand plaisir ! Il y a longtemps que je
devrais être parti. Mais je te le répète, je ne partirai pas
tant que tu ne m'auras pas rendu ce que tu m'as pris.

VANIA. Je ne t'ai rien pris.

ASTROV. Je parle sérieusement, ne me retarde pas. Je
devrais déjà être parti depuis longtemps.

VANIA. Je ne t'ai rien priss[1].

> *Tous deux s'assoient.*

ASTROV. Ah ! oui ? Bon... j'attendrai encore un peu, mais
61 après, tu m'excuseras, je serai obligé d'employer les

grands moyens. On va t'attacher, puis on te fouillera. Je parle très sérieusement.

VANIA. Comme tu voudras. *(Un temps.)* Viser un tel crétin !... Tirer deux coups... et le rater deux fois de suite ! Ça, je ne me le pardonnerai jamais !

ASTROV. Mais maintenant, c'est le chasseur qui est visé. Alors, c'est ça ! Tu veux te tirer une balle dans la tête !...

VANIA, *haussant les épaules.* Étrange ! Je fais une tentative de meurtre... et personne ne m'arrête !... on ne me livre pas à la justice ! Donc, on me prend vraiment pour un fou ! *(Rire méchant.)* Je suis fou ! Mais ceux qui sous le masque de professeur, de mage savant, cachent leur manque de talent, leur stupidité, leur révoltante sécheresse de cœur !... Ceux-là, ils ne sont pas fous, eux ? Et celles qui épousent des vieillards et ensuite les trompent aux yeux de tous !... Elles... Elles ne sont pas folles... elles ? J'ai vu comme tu l'as prise dans tes bras

ASTROV. Oui'ss ! Je l'ai prise'ss, embrassée'ss... et prends ça pour toi !

Il lui fait un pied de nez.

VANIA, *regardant la porte.* Non, c'est la terre qui est complètement folle de vous supporter encore !

ASTROV. Mon Dieu, que c'est bête !

VANIA. Quoi ? Je suis fou !... irresponsable !... J'ai donc le droit de dire des bêtises.

ASTROV. Vieux truc ! Je connais la chanson ! Tu n'es pas fou, tu n'es qu'un pauvre diable ! un petit bouffon ! Autrefois, je considérais chaque pauvre diable comme un malade, un anormal !... et maintenant je pense que l'état normal d'un homme — eh bien — c'est d'être un pauvre diable ! Tu es tout à fait normal.

VANIA, *se couvrant le visage avec les mains.* J'ai honte ! si
tu savais comme j'ai honte ! Aucune souffrance n'est
comparable à ce sentiment de honte que je ressens — si
aigu... *(Avec une profonde tristesse.)* C'est insupportable !
(S'effondrant sur la table.) Que faire ? que faire ?

ASTROV. Rien.

VANIA. Donne-moi quelque chose !... Oh ! mon Dieu... j'ai
100 quarante-sept ans... si je vis, par exemple, jusqu'à
soixante ans — il me reste encore treize ans — c'est
long ! Comment vivre pendant ces treize ans ? Qu'est-ce
que je vais faire ? A quoi les occuper ? Oh !... tu comprends !... *(Serrant convulsivement la main d'Astrov.)* Tu
comprends !... Si je pouvais vivre ce qui me reste à vivre
d'une manière complètement nouvelle !... se réveiller par
un beau matin clair, calme... Sentir la vie revenir !...
Tout le passé oublié, envolé, parti en fumée !... *(Il
pleure.)* Ah ! commencer une vie nouvelle !... Dis-moi,
110 par où commencer...

ASTROV, *avec dépit.* Hé ! Toi ! Allez ! qu'est-ce que c'est
encore que cette idée de vie nouvelle ! Notre attitude —
à toi et à moi — c'est d'être sans espoir !

VANIA. Oui ?

ASTROV. J'en suis convaincu.

VANIA. Donne-moi quelque chose... *(Il montre son cœur.)*
Ça me brûle, là !

ASTROV, *criant avec colère.* Arrête ! *(Se radoucissant.)* Ceux
qui vivront cent, deux cents ans après nous, et qui nous
120 mépriseront d'avoir vécu si bêtement, avec si peu de
goût pour la vie... ceux-là, peut-être, trouveront le
moyen d'être heureux, mais nous !... Nous n'avons
qu'un seul espoir, tous les deux : l'espoir qu'une fois
couchés au fond de nos cercueils, nous soyons hantés

par une vision... et qui sait ?... une vision, peut-être même... agréable. *(Après un soupir.)* Oui, frère ! Il n'y avait — dans toute la province — que deux hommes honnêtes et intelligents : toi ! oui... et moi ! Il a suffi de dix ans de cette petite vie mesquine, pour que cette
130 chienne d'existence nous enlise, nous empoisonne le sang de ses relents de pourriture... Et voilà ! on se retrouve aussi vulgaire que tout le monde. *(Vivement.)* Oh ! mais ne crois pas que tu vas m'avoir comme ça ! Rends-moi ce que tu m'as pris.

VANIA. Je ne t'ai rien pris.

ASTROV. Tu as pris un flacon de morphine dans ma boîte à pharmacie. *(Un temps.)* Écoute... si pour une raison quelconque tu as envie d'en finir avec toi-même... eh bien, va dans la forêt et fais-toi sauter la cervelle. Mais
140 rends-moi ma morphine ! Sinon des bruits vont courir. On va me soupçonner. On va croire que c'est moi qui te l'ai donnée. C'est déjà suffisant de savoir qu'il faudra que je t'ouvre le corps pour l'autopsie... Tu crois que c'est drôle ?

Entre Sonia.

VANIA. Laisse-moi !

ASTROV, *à Sonia.* Sophia Alexandrovna, votre oncle a chipé un flacon de morphine dans ma pharmacie et il ne veut pas me le rendre. Dites-lui que ce n'est pas très malin à la fin ! Et puis, je n'ai plus de temps à perdre. Il
150 faut que je parte !

SONIA. Oncle Vania, tu as pris la morphine.

Un temps.

ASTROV. Il l'a prise, j'en suis sûr !

SONIA. Rends-la ! Pourquoi veux-tu nous faire peur ? *(Tendrement.)* Rends-la, oncle Vania ! Je suis peut-être aussi

malheureuse que toi !... pourtant je ne me laisse pas aller
au désespoir. Je supporte et je supporterai jusqu'à ce que
ma vie s'achève d'elle-même !... Supporte, toi aussi !...
(Un temps.) Rends-la ! *(Elle lui embrasse la main.)* Mon
cher, mon gentil petit oncle, rends-la ! *(Elle pleure.)* Tu
160 es bon, tu auras pitié de nous, tu vas nous la rendre !
Supporte, mon oncle ! Il faut supporter !

VANIA, *il sort de la table le flacon et le tend à Astrov.* Tiens,
prends ! *(A Sonia.)* Mais il faut vite travailler !... Il faut
vite faire quelque chose ! sinon je ne peux pas... je ne
peux pas !...

SONIA. Oui, oui, travailler ! On va les accompagner, et dès
qu'ils seront partis, nous nous mettrons au travail !...
(Elle trie nerveusement les papiers sur la table.) Quel
laisser-aller dans tout ça !

ASTROV, *il range le flacon dans sa pharmacie et serre les*
171 *courroies.* Maintenant, je peux partir. En route !

ÉLÉNA, *elle entre.* Ivan Pétrovitch, vous êtes ici ? Nous
allons partir tout de suite... Allez voir Alexandre, il a
quelque chose à vous dire.

SONIA. Vas-y, oncle Vania ! *(Elle prend Vania par le bras.)*
Viens ! Il faut vous réconcilier, Papa et toi, il le faut
absolument !

    Sonia et Vania sortent.

ÉLÉNA. Je pars. *(Elle tend la main à Astrov.)* Adieu.

ASTROV. Déjà.

ÉLÉNA. Les chevaux attendent.

ASTROV. Adieu !

ÉLÉNA. Vous m'aviez promis de partir aujourd'hui
183 même.

ASTROV. Je m'en souviens. Je vais partir tout de suite. *(Un*

temps.) Vous avez eu peur ? *(Il lui prend la main.)* C'est
donc vraiment si effrayant ?

ÉLÉNA. Oui.

ASTROV. Et si vous restiez quand même ? Hein ? Demain...
dans la maison forestière...

ÉLÉNA. Non... C'est décidé... et c'est parce que notre départ
191 est décidé que j'ai le courage de vous regarder en face. Je
vous demande une seule chose : ne pensez pas trop de
mal de moi. J'aimerais que vous ayez de l'estime pour
moi.

ASTROV. Eh ! *(Avec un geste d'impatience.)* Restez ! Je vous
le demande ! Rendez-vous compte ! Qu'est-ce que vous
faites de votre existence ? Vous n'avez aucun but dans la
vie ! Nulle part où fixer votre attention ! Tôt ou tard, de
toute façon, vous céderez à vos sens, c'est inévitable !
200 Alors... il vaudrait mieux que cela n'arrive pas à Kharkov ou je ne sais où, à Kourks... mais ici ! Dans le sein
même de la nature... ce serait poétique, au moins... et
puis l'automne est si beau !... Ici, il y a une petite maison forestière... de vieilles demeures en ruine... Tout à
fait dans le goût de Tourgueniev...

ÉLÉNA. Comme vous êtes drôle !... Je suis en colère contre
vous... et pourtant... je penserai à vous avec plaisir.
Vous êtes un homme intéressant... original. Nous ne
nous reverrons plus jamais... alors... pourquoi ne pas
210 vous l'avouer ? J'ai même été un peu amoureuse de
vous. Bon... allez ! serrons-nous la main et quittons-nous
bons amis. Ne gardez pas de moi un trop mauvais souvenir.

ASTROV, *lui serrant la main.* Oui, partez !... *(Songeur.)*
Vous semblez être quelqu'un de bon... de sensible... et
en même temps, il y a quelque chose d'étrange dans tout

votre être — oui... Vous arrivez avec votre mari... et on
dirait que tous ceux qui sont ici, qui travaillaient,
s'affairaient, faisaient quelque chose... étaient brusque-
220 ment obligés de tout laisser tomber et de ne plus s'occuper que de vous et de la goutte de votre mari pendant
tout l'été. Tous les deux — lui et vous —, vous nous
avez contaminés avec votre oisiveté. Je suis devenu
amoureux de vous, je n'ai rien fait durant tout un
mois... et pendant ce temps, des gens tombaient malades... et dans les forêts, là où j'ai fait mes plantations,
des paysans faisaient paître leur bétail... Ainsi, partout
où vous posez le pied — vous et votre mari —, partout
vous n'apportez que la destruction... Je plaisante, bien
230 sûr ! Mais tout de même... C'est étrange ! et je suis persuadé que si vous étiez restée plus longtemps... ce laisser-aller se serait transformé en une gigantesque désola-
tion... Et pour moi, cela aurait été ma perte, oui... et
pour vous... ça se serait mal terminé !... Allez ! Partez !
Finita la commedia !

ÉLÉNA, *elle prend un crayon sur la table d'Astrov et le cache*
rapidement. Ce crayon — je vous le prends... en souvenir !

ASTROV. C'est étrange quand même !... On se connaît, et
240 puis... brusquement, sans savoir pourquoi... on ne se
revoit plus jamais ! C'est toujours comme ça, dans la
vie !... Tant qu'il n'y a personne ici — avant qu'oncle
Vania ne se ramène encore avec son bouquet — permettez-moi de vous embrasser... pour vous dire adieu... Je
peux ? *(Il l'embrasse sur la joue.)* Voilà... c'est parfait !

ÉLÉNA. Je vous souhaite beaucoup de bonheur ! *(Jetant un*
coup d'œil autour d'elle.) Tant pis ! pour une fois ! *(Elle*
l'étreint avec ferveur et aussitôt tous les deux, très vite,
249 *s'écartent l'un de l'autre.)* Il faut partir !

ASTROV. Partez vite ! Si les chevaux sont prêts... alors allez... Partez !

ÉLÉNA. On vient, je crois.

Tous les deux tendent l'oreille.

ASTROV. *Finita !*

Entrent Sérébriakov, Vania, Maria Vassilièvna avec un livre, Tiéliéguine et Sonia.

SÉRÉBRIAKOV, *à Vania.* « Celui qui ne veut pas oublier ce qui s'est passé, celui-là perdra un œil[1]. » Après ce qui vient de se produire, au cours de ces quelques heures, j'ai tant souffert, j'ai réfléchi si profondément, qu'il me semble que je pourrais écrire toute une réflexion sur la conduite de la vie pour l'édification des générations à 260 venir. J'accepte volontiers tes excuses, et je te demande à ton tour de bien vouloir m'excuser... Adieu !

Ils s'embrassent trois fois.

VANIA. On t'enverra scrupuleusement ce que tu recevais auparavant. Tout sera comme par le passé.

Éléna embrasse Sonia.

SÉRÉBRIAKOV, *baisant la main de Maria Vassilièvna.* Maman*...

MARIA, *l'embrassant.* Alexandre, faites-vous photographier encore une fois, et envoyez-moi votre photo. Vous savez combien vous m'êtes cher.

TIÉLIÉGUINE. Adieu, Votre Excellence ! Ne nous oubliez 270 pas !

SÉRÉBRIAKOV, *après avoir embrassé sa fille.* Adieu... Adieu tout le monde ! *(Donnant la main à Astrov.)* Je vous remercie de votre agréable compagnie... J'ai de l'estime pour votre manière de penser, pour votre en-

---

* En français dans le texte.

thousiasme... vos emballements... mais permettez au
vieillard que je suis, d'ajouter à son salut d'adieu juste
une seule remarque : mesdames-messieurs, il faut faire
son œuvre ! Il faut faire son œuvre [1] ! *(Il salue tout le*
279 monde.)* Soyez heureux !

Il sort. Maria Vassilièvna et Sonia le suivent.

VANIA, *embrassant passionnément la main d'Éléna.*
Adieu... Pardonnez-moi... Nous ne nous reverrons plus
jamais.

ÉLÉNA, *émue.* Adieu, mon petit...

Elle lui pose un baiser sur la tête et s'en va.

ASTROV, *à Tiéliéguine.* La gaufre, par la même occasion,
va dire qu'on fasse avancer mes chevaux.

TIÉLIÉGUINE. Entendu, mon cher petit.

Il sort.
Vania et Astrov restent seuls.

ASTROV *ramasse ses couleurs sur la table et les met dans sa
valise.* Pourquoi tu ne les raccompagnes pas ?

VANIA. Qu'ils partent ! mais moi... moi... je n'en peux
290 plus ! J'ai mal... ça me pèse... il faut vite que je m'occupe à quelque chose... Travailler, travailler !

Il éparpille les papiers sur la table.
Un temps.
On entend un bruit de clochettes.

MARINA, *entrant.* Partis !

ASTROV. Partis ! Notre professeur doit être aux anges !
Même une couronne de bon pain ne le ferait pas revenir [2] !

SONIA, *entrant.* Partis ! *(S'essuyant les yeux.)* Que Dieu les
garde ! *(A son oncle.)* Alors, oncle Vania, allez ! Faisons
quelque chose !

VANIA. Travailler, travailler...

SONIA. Il y a longtemps que nous ne nous sommes pas
301 assis ensemble à cette table. *(Elle allume une lampe sur la table.)* Il n'y a plus d'encre, je crois... *(Elle prend l'encrier, va à l'armoire et le remplit d'encre.)* A moi... ça me fait de la peine qu'ils soient partis.

MARIA *entre lentement.* Partis !

Elle s'assoit et se plonge dans sa lecture.

SONIA *s'assoit à sa table et feuillette le livre de comptes.* Oncle Vania, commençons d'abord par les factures. On a tout laissé aller, c'est affreux ! Encore aujourd'hui, on est venu réclamer une facture. Écris ! Pendant que tu
310 feras une facture, moi, j'en ferai une autre...

VANIA, *écrivant.* « Facture... à monsieur... »

Tous deux écrivent en silence.

MARINA *bâille.* Oh !... Je ferais bien un bon petit dodo...

ASTROV. Quel silence ! Les plumes grincent, le grillon chante... Il fait bon, chaud... Je n'ai pas envie de partir d'ici. *(On entend des grelots.)* Tiens, on amène les chevaux... Mes amis, il ne me reste plus qu'à vous faire mes adieux, faire mes adieux à ma table, et en route !

Il range ses cartographies dans le carton à dessin.

MARINA. Pourquoi tu t'affaires comme ça ? Et si tu
319 t'asseyais ?

ASTROV. Impossible !

VANIA, *il écrit.* Il reste à régler un arriéré de deux roubles soixante-quinze...

Entre un ouvrier.

L'OUVRIER. Mikhaïl Lvovitch, les chevaux sont prêts.

ASTROV. J'ai entendu. *(Il lui tend sa trousse à pharmacie,*

sa valise et le carton à dessin.) Tiens, emporte ça ! Fais
bien attention, surtout, à ne pas écraser le carton à
dessin.

L'OUVRIER. A vos ordres.

Il sort.

ASTROV. Bon'ssss[1]...

Il va dire au revoir.

SONIA. Quand nous reverrons-nous ?

ASTROV. Normalement pas avant l'été prochain. Et cet
332 hiver, c'est peu probable... Il va de soi que s'il arrivait
quelque chose, vous me le feriez savoir, et je viendrais
immédiatement. *(Il serre les mains.)* Merci pour le pain,
pour le sel, pour votre gentillesse... En un mot : merci
pour tout ! *(Il va à la nourrice et l'embrasse sur la tête.)*
Adieu, la vieille !

MARINA. Alors, tu pars comme ça... sans prendre un peu
339 de thé ?

ASTROV. Je n'en veux pas, nourrice.

MARINA. Peut-être une petite vodka ?

ASTROV. Si tu y tiens... *(Marina sort. Un temps.)* Un de
mes chevaux s'est mis à boiter... je l'avais déjà remarqué
hier, quand Pétrouchka le menait à l'abreuvoir.

VANIA. Il faut changer les fers.

ASTROV. Je serai obligé de m'arrêter à Rojdiéstviéni, chez
le forgeron. Je ne peux pas y échapper. *(Il s'approche de
la carte de l'Afrique et la regarde.)* Et quand je pense
qu'il doit faire en ce moment dans cette Afrique une
350 chaleur à crever... drôle d'histoire !

VANIA. Oui, probable.

MARINA, *elle revient avec un plateau sur lequel il y a un
petit verre de vodka et un petit morceau de pain.* Avale

ça ! *(Astrov boit la vodka.)* **A ta santé, petit père !** *(Elle le salue très bas.)* **Tu mangeras bien un petit bout de pain !**

ASTROV. Non, ça va comme ça... Maintenant, mille bonnes choses à tous ! *(A Marina.)* Ne m'accompagne pas, nour-
359 rice. Ce n'est pas la peine.

    Il sort. Sonia l'accompagne une bougie à la main. Marina s'assoit dans son fauteuil.

VANIA, *il écrit.* Le 2 février... livré 10 litres d'huile. Le 16 février — une autre livraison de 10 litres d'huile... Du gruau de sarrasin...

    Un temps.
    On entend des grelots.

MARINA. Parti !

    Un temps.

SONIA, *elle revient et pose la bougie sur la table.* Il est parti !...

VANIA, *ayant fait son total à l'aide du boulier et l'inscrivant.* Donc... 15... 25...

    Sonia s'assoit et écrit.

MARINA *bâille.* Ohhh !... Pauvres pécheurs...

    Tiéliéguine entre sur la pointe des pieds. Il s'assoit près de la porte et accorde doucement sa guitare.

VANIA, *à Sonia, lui passant la main dans les cheveux.* Mon
370 enfant, comme j'ai le cœur lourd ! Oh ! si tu savais comme mon cœur est lourd !

SONIA. Que faire ? Il faut vivre ! *(Un temps.)* Nous allons vivre, oncle Vania. Nous allons vivre de longues, longues files de jours... de longues soirées... Nous allons supporter patiemment les épreuves que le destin nous enverra. Nous allons travailler dur pour les autres... et

maintenant et jusqu'à ce que nous soyons vieux, sans
jamais nous reposer... et quand notre heure arrivera,
nous mourrons humblement... et là-bas, par-delà la
380 tombe, nous pourrons dire que nous avons souffert, que
nous avons pleuré, combien d'amertumes nous avons
connues... et Dieu aura pitié de nous... et ensemble, mon
oncle, mon oncle chéri, ensemble nous connaîtrons une
vie radieuse! magnifique! superbe! Nous vivrons dans
la joie... et nos malheurs d'aujourd'hui, nous les regar-
derons de loin avec un sourire ému, et nous nous reposerons.

Je crois, mon oncle, je crois ardemment, passionnément!... *(Elle se met à genoux devant lui et pose sa tête*
390 *sur les mains de Vania d'une voix lasse.)* Nous nous
reposerons! *(Tiéliéguine joue doucement de la guitare.)*
Nous nous reposerons! Nous entendrons la voix des
anges! Nous verrons tout le ciel s'illuminer et briller
comme un diamant! Nous verrons toute la méchanceté
du monde. Toutes nos souffrances noyées dans la misé-
ricorde qui submergera l'univers entier... et notre vie
deviendra calme, tendre, douce comme une caresse. Je
crois, je crois... *(lui essuyant les larmes avec un mou-*
choir). Mon pauvre, pauvre oncle Vania, tu pleures... *(A*
400 *travers les larmes.)* Tu n'as pas connu de joie dans ta
vie, mais attends, oncle Vania, attends... Nous nous
reposerons... *(Elle le serre dans ses bras.)* Nous nous
reposerons! *(Dehors, le veilleur de nuit tambourine. Tié-*
liéguine joue doucement. Maria Vassilièvna écrit dans les
marges de sa brochure. Marina tricote un bas.) Nous
nous reposerons[1]!

Le rideau descend lentement.

Commentaires
Notes
par
Patrice Pavis

Commentaires

Originalité de l'œuvre et contexte

Dix années au moins s'écoulent entre la rédaction de *L'Esprit des bois** en 1889, que l'on peut considérer comme la première version d'*Oncle Vania,* et la mise en scène de cette dernière pièce au Théâtre d'Art en 1899. Dix années qui seront nécessaires à Tchékhov pour écrire et réécrire son texte, le mettre à l'épreuve de la scène, transformer un vaudeville plutôt bavard en un drame psychologique et métaphysique où il n'y a pas un point de suspension de trop...

Temps relativement court en vérité, si l'on songe que Tchékhov invente une dramaturgie d'un genre nouveau, s'impose avec *Vania* et *La Mouette* comme le dramaturge le plus original de son époque en Russie et ouvre la voie à ses deux derniers chefs-d'œuvre, *Les Trois Sœurs* (1901) et *La Cerisaie* (1903), avant sa disparition prématurée en 1904.

Le succès fut pourtant loin d'être immédiat. La création tchékhovienne est un processus toujours quelque peu douloureux, comme si elle avait besoin de s'y prendre à deux fois pour atteindre son but. Tchékhov dut remanier son texte — ou peut-être, comme il semblait le penser —, créer une tout autre pièce. Il lui fallut attendre qu'un metteur en scène comme Stanislavski conduisît enfin l'œuvre au succès.

---

* Cette pièce, qui porte parfois le titre *Le Sauvage,* est traduite par Génia Cannac et Georges Perros aux éditions de l'Arche.

Cette fâcheuse habitude de prendre un faux départ, de rater son coup, pour mieux arriver à ses fins, brouille singulièrement les pistes, lorsqu'il s'agit de se livrer à l'exercice, d'ailleurs parfaitement gratuit, de reconstituer la genèse de l'œuvre. On sait seulement que *L'Esprit des bois,* refusé tout d'abord par le Théâtre impérial Alexandrinski, fut représenté en décembre 1889 au Théâtre Abramova avec l'insuccès prévisible. En 1897, Tchékhov fait publier *Oncle Vania* dans un recueil contenant *La Mouette* et des pièces en un acte. En comparant les deux pièces (*cf. infra,* « Le travail de l'écrivain »), on ne sait pas s'il faut relever les grandes similarités (notamment les reprises de scènes entières) ou la différence radicale du ton. Ce qui est certain, c'est que Tchékhov trouve sa voix propre dans cet exercice d'adaptation, qu'il acquiert une gravité mélancolique sans perdre sa virtuosité de vaudevilliste. On ignore si les remaniements ont été effectués juste avant la publication du texte en 1897 ou s'il s'agissait plutôt déjà d'« une vieille pièce déjà démodée » (lettre à O. Knipper du 1er octobre 1899) et terminée dès 1890 (lettre à Diaghilev du 20 décembre 1901). Dans cette dernière hypothèse assez plausible, la pièce serait la première de la tétralogie après *La Mouette* écrite en 1895. *Oncle Vania* et *La Mouette* forment en tout cas les derniers vestiges d'une dramaturgie encore traditionnelle dans la construction de la fable et la caractérisation des personnages, en même temps que les signes avant-coureurs d'une dramaturgie épique de l'immobilité qui trouvera son aboutissement dans *Les Trois Sœurs* et *La Cerisaie.*

Une fois encore, le premier contact avec le monde de la scène fut assez désastreux. Tchékhov avait proposé sa pièce au prestigieux Théâtre Maly, au grand dam de Nemirovitch-Dantchenko qui venait de monter *La Mouette* au Théâtre d'Art. Le comité de lecture, composé notamment de doctes professeurs, exigea des réparations immédiates : le remaniement de la fin de l'acte III ! On ne pouvait admettre, lisait-on dans le protocole, « qu'un homme aussi cultivé qu'Oncle Vania tire sur une scène sur un personnage aussi chargé de diplômes que le professeur Sérébriakov ». La colère professorale et l'obstination tchékhovienne eurent pour effet bénéfique de ramener l'infidèle à ses amis du Théâtre d'Art. Bien lui en prit, car les autres théâtres en étaient restés à l'ère d'avant la mise en scène. Les pièces étaient répétées très rapidement, sans recherche spécifique, interprétées dans un style emphatique, comme des mélodrames ou des vaudevilles, quel que soit le sujet (Tchékhov en fit la cruelle expérience avec la première de *La Mouette,* en 1896, jouée comme une pièce de boulevard et centrée sur le triangle bourgeois : l'ingénue, la diva, l'écrivain).

Il serait toutefois inexact d'attribuer à Tchékhov l'invention d'une mise en scène et d'une méthode de jeu qui mettraient son texte en valeur. C'est plutôt le contraire qui se produisit : Stanislavski inventa Tchékhov contre lui-même, en le jouant selon un rythme et une atmosphère qui, s'ils paraissaient exagérément pesants à leur auteur, n'en dévoilèrent pas moins un sous-texte d'une profondeur insoupçonnée. Nul doute que pour Anton Pavlovitch, Stanislavski n'était qu'un de ces jeunes metteurs en scène qui s'approprient le texte des autres. Tchékhov avait des idées fort traditionnelles sur le rôle du metteur en scène, cette nouvelle étoile de la scène : « Je ne crois vraiment pas, proclamait-il, qu'une pièce puisse être mise en scène, même pour le metteur en scène le plus talentueux, sans les conseils et les directives de l'auteur. Il existe différentes interprétations, mais l'auteur a le droit d'exiger que sa pièce soit jouée entièrement selon sa propre interprétation... Il faut absolument que soit créée l'atmosphère particulière voulue par l'auteur. »

Si Tchékhov lui-même n'était peut-être pas conscient de la nouveauté de son écriture et donc de la mise en scène qui lui convenait, il ne pouvait pas ignorer, dans son travail de remaniement, la nouveauté du ton. Car ce n'est plus la simple parodie du vaudeville, comme dans *L'Esprit des bois,* et ce n'est d'ailleurs pas encore non plus le tragique existentiel des années 50, époque où l'on redécouvrit l'œuvre de Tchékhov en voyant en lui un existentialiste avant la lettre. Le ton est à la fois ému et amusé, moqueur, mais empreint de tendresse compatissante pour ces ratés fêlés. On peut croire les héros de *La Mouette* échappés d'une maison de fous, mais il est difficile de ne pas se sentir concerné par ces scènes de la vie quotidienne où le temps, l'usure et le travail sont les seules vedettes. L'identification du public aux personnages est encore très forte ; des éléments pathétiques ou tragiques assurent une certaine catharsis, souvent tempérée par une sensible ironie. L'effet Vania, c'est ce mélange de distance ironique, de tendresse désabusée, de vulnérabilité cachée que Vania et le spectateur partagent, l'espace d'une représentation.

Thèmes et personnages

Analyse de l'action

Acte I : *Le thé est froid.*

1) Pages 19-21. Vers trois heures de l'après-midi, Marina, la vieille nourrice et Astrov évoquent l'usure du temps, le travail accablant d'un médecin de campagne.

2) Pages 21-22. Tout est en désordre, constate Marina. Vania se lève très tard, il se plaint de la vie « complètement chamboulée » depuis l'arrivée du professeur Sérébriakov et de sa femme.

3) Page 22. Ces derniers font une apparition remarquée, à l'image de leur intrusion dans la vie réglée de la propriété : cette brève séquence d'arrivée et de départ reprenant en abyme l'histoire de toute la pièce.

4) Pages 23-25. Vania laisse percer sa jalousie devant les succès du professeur qui depuis « vingt-cinq ans » ressasse des idées qui ne sont pas les siennes sur le réalisme, le naturalisme et autres absurdités et qui, surtout, a épousé la jeune, belle et malheureusement fidèle Éléna.

5) Pages 26-33. Entrent Sonia, Éléna, puis Maria Vassilièvna. Il est question de la santé du professeur qui, selon Astrov, « se porte comme un charme » et que Vania traite « d'écrivailleur perpetuum mobile », au grand scandale de sa propre mère Maria Vassilièvna, sa plus grande admiratrice. Vania apparaît comme aigri, ayant le sentiment d'avoir irrémédiablement gaspillé son temps en travaillant pour le professeur. Un ouvrier vient chercher Astrov pour aller soigner un malade. Astrov trouve tout de même le temps d'entonner un chant à la louange des forêts. Il s'insurge contre leur destruction inutile, sans rencontrer d'écho chez Vania ou Éléna. Seule Sonia partage ses idées au point de sembler parler par sa voix.

6) Pages 33-35. Restée seule avec Vania, Éléna se plaint de son attitude envers Sérébriakov. Vania qui, selon elle, laisse régner en lui le démon de la destruction, se contente de lui déclarer son amour malheureux.

Acte II : *La nuit est chaude.*

1) Pages 37-40. C'est la nuit : le professeur malade maudit la vieillesse, tient toute la maisonnée éveillée et tyrannise son entourage. Il se plaint d'être enterré à la campagne, de ne plus être au centre de l'attention, de dégoûter les autres. Ce qu'il ne peut supporter, déclare Éléna, à bout de nerfs, c'est d'avoir une épouse encore jeune et en bonne santé.

2) Pages 40-42. Il annonce à Sonia qu'il refuse de voir le docteur Astrov et de rester seul avec Vania. Seule Marina parvient à le calmer, en le réconfortant comme un enfant.

3) Pages 42-44. Resté seul avec Éléna, Vania lui déclare de nouveau son amour et lui dit sa souffrance : celle-ci ne veut rien entendre, lui reproche de boire et sort.

4) Pages 44-45. Vania regrette amèrement de ne pas avoir épousé Éléna, il y a dix ans, quand c'était possible ; il est furieux de s'être sacrifié pour le professeur, dont la nullité intellectuelle le scandalise à présent.

5) Pages 45-47. Astrov et Vania, passablement éméchés, comparent leurs philosophies de la vie, avec l'exemple d'Éléna à l'appui.

6) Page 47. Sonia reproche à son oncle Vania de boire. Il n'ose lui avouer ce qui lui pèse sur le cœur.

7) Pages 48-53. Sonia s'en prend également à Astrov qu'elle accuse d'entraîner Vania à boire. Astrov s'étonne que Sonia puisse survivre dans ce milieu étouffant ; il lui promet de cesser de boire, mais répète son insatisfaction de la vie, son incapacité d'aimer. Il ne s'aperçoit pas que Sonia est amoureuse de lui ; il est, dit-il, seulement sensible à la beauté en général, à celle d'Éléna en particulier.

8) Pages 53-57. Sonia se sent heureuse, malgré l'indifférence d'Astrov et la conscience de sa laideur. Elle se réconcilie avec Éléna. Toutes deux ont une explication très franche sur leurs vies, évoquent le talent d'Astrov, boivent à leur amitié. Elles communieraient dans la musique, si le professeur n'interdisait à Éléna de jouer du piano.

Acte III : *Maladresses.*

1) Pages 57-59. Convoqués par le professeur, Vania, Sonia et Éléna s'étonnent de la paresse qui s'est emparée de chacun. Dans un mouvement de provocation et d'ironie tragique, Vania suggère à Éléna « de tomber follement amoureuse d'un quelconque génie des eaux ».

2) Pages 59-61. Sonia confie à Éléna son désespoir de ne pas être aimée d'Astrov. Éléna lui propose de sonder

Dominique Coustanza et Alain Pralon.
Mise en scène de F. Prader.
(Théâtre Gérard-Philipe, 1985.)

Astrov pour connaître ses sentiments envers Sonia. Celle-ci accepte non sans hésitation.

3) Pages 62-67. Éléna a pourtant deviné les sentiments d'Astrov à son égard. Elle lui fait expliquer son travail dans les forêts, sa lutte contre le processus de dégradation de la nature. Mais Astrov ayant remarqué son inattention, elle en vient à l'objet de la rencontre : « un petit interrogatoire » à propos de Sonia. La réponse d'Astrov est claire : il estime Sonia, mais n'éprouve aucune attirance pour elle. Troublé par les raisons profondes de ces questions, Astrov contre-attaque et se rend « sans interrogatoire ». Éléna proteste de la pureté de ses intentions, sans convaincre Astrov qui l'embrasse et la retient.

4) Pages 67-68. C'est à ce moment précis qu'entre Vania, un bouquet à la main ; bouleversé par cette situation équivoque, il est sans voix.

5) Pages 68-69. C'est au tour du mari, Sérébriakov, de faire son entrée, pour annoncer, après une lourde mise en scène, son intention de mettre en vente la propriété — qui ne lui appartient d'ailleurs pas — donc d'en chasser Sonia et Vania. Ce dernier, encore sous l'émotion de l'« infidélité » d'Éléna, réagit violemment, accuse le professeur de l'avoir exploité. Sorti un instant, Vania rentre brusquement en scène, en poursuivant Sérébriakov et en tirant sur lui ; il le manque par deux fois, autant par inexpérience que par manque de conviction.

Acte IV : *« Tout rentrera dans l'ordre. »*

1) Pages 81-83. « Tout rentrera dans l'ordre », après le départ des Sérébriakov, prophétise Marina. Il s'agit seulement d'empêcher Vania d'attenter à ses jours.

2) Pages 83-87. Vania a en effet dérobé un flacon de morphine à Astrov et refuse de le lui rendre, laissant percer son désespoir. Sonia réussit à lui faire entendre raison.

3) Pages 87-90. Éléna et Astrov ont une dernière entrevue, apaisée et résignée. Éléna avoue avoir été « un peu amoureuse » ; Astrov tente une dernière fois de la faire venir à la maison forestière, sans grande conviction et sans succès ; ils s'étreignent un bref instant avant de se séparer : *« Finita la commedia. »*

4) Pages 90-91. C'est au tour de Sérébriakov de faire des adieux, dans son style grandiloquent : il faut faire quelque chose, faire son œuvre, lance-t-il à la cantonade, tandis qu'Éléna pose un baiser sur la tête de Vania avant de s'en aller.

5) Pages 91-94. Astrov et ·Vania, les deux amis et rivaux d'un moment, font leurs adieux. Vania se jette dans le travail comme sur une bouée de sauvetage et se lance dans une comptabilité minutieuse. Astrov a du mal à s'arracher à ce foyer, il accepte tout de même une petite vodka, avant de laisser Sonia et Vania à leurs factures et à leur désespoir.

6) Pages 94-95. Vania ne peut réprimer ses pleurs, tandis que sa nièce, pour le consoler, lui promet, après la mort, une vie radieuse, un monde enfin sans conflit où ils se reposeront.

Comment montrer l'ennui sans ennuyer le spectateur ? Une croyance tenace veut qu'il n'y ait pas d'action dans le théâtre de Tchékhov. C'est un peu vite dit. Il est vrai que les personnages sont montrés dans leur désœuvrement et leur ennui — le terme revient très souvent —, mais cette absence de grandes actions héroïques et surtout d'actions transformatrices n'exclut pas l'évolution intérieure et un activisme de surface : « Les conditions de frustration et d'ennui, au lieu de dévitaliser les gens, leur donnent envie de dramatiser la moindre chose, et cela crée une immense vitalité. » (Brook *Théâtre en Europe,* n° 2, 1984.) De fait, la pièce présente une suite ininterrompue de micro-actions, de « faux mouvements » : comme si chacun, pour sortir de l'inertie et de l'ennui, faisait un geste inconsidéré et se reprenait immédiatement après. Vania est passé maître dans ses ébauches de gestes réprimés, qu'il s'adresse à sa mère, à Éléna ou qu'il tente d'éliminer l'obstacle professoral. Il ne fait que se conformer au schéma de la fable : l'arrivée du professeur et de sa femme trouble l'ordre de la maisonnée, exacerbe les regrets, les rancœurs et les désirs. Il faut l'*acte manqué* de Vania (viser à côté, agir selon l'inconscient) pour que tout puisse rentrer dans l'ordre. Comme si toutes les actions n'avaient d'autre finalité que de conclure à l'inutilité de la révolte, du moins de la révolte spectaculaire. La réaction la plus violente est réprimée par la force de l'habitude : la révolte des hommes (Vania, Sérébriakov, Astrov) n'a d'autre résultat qu'une dangereuse régression, une nette infantilisation et un renoncement unanime au désir. D'où chez chacun un sentiment de mort lente, qui est plus insidieux qu'une conclusion tragique : « Il est impossible d'accepter la réalité, mais impossible aussi de ne pas l'accepter... Il ne reste donc plus qu'à se cogner la tête contre le mur. L'oncle Vania, lui, se livre à cette opération ouvertement, en public. » Cette opération — Chestov (1905) a raison de le souligner — a toutes les chances de mal se terminer et pourtant, et c'est bien là l'ironie tragique, les fragiles héros de cette tragédie domestique y survivent fort bien et la quotidienneté reprend vite ses droits : « Ça va cacarder comme des oies, puis ça s'arrêtera » (p. 78) prédit Marina, décrivant bien là le gestus général de la pièce. Il est inutile de se révolter et cette crise aura été la dernière, un faux mouvement avant le calme plat : telle est la conclusion antitragique par excellence d'*Oncle Vania* : la pièce refuse autant le tragique classique des héros brisés que le déterminisme des individus englués dans leur milieu ou la révolte métaphysique et existentielle de personnages proches de Sisyphe. La structure de la fable porte la marque de ce tragique dévoyé, car elle obéit à un double principe. Une structure *épique* décrit ces

« scènes de la vie de campagne », avec les répétitions et la circularité qu'elles imposent ; une structure *dramatique* focalise l'action sur la montée de la tension, la crise et le désarroi de ce microcosme, notamment à l'acte III, de sorte que l'œuvre rappelle la structure classique d'une pièce bien faite, qu'il s'agisse d'un vaudeville ou d'une tragédie classique. La structuration de chacun des quatre actes reproduit cette hésitation entre l'épique et le dramatique : alors que les trois premiers se terminent sur un temps fort, un coup de théâtre presque (déclaration d'amour, interdiction de jeu, tentative d'assassinat), le dernier acte marque un retour au calme plat. Ce qui aurait pu être, au XVIIIe siècle, un drame bourgeois ou une tragédie domestique, n'est plus ici qu'un vaudeville amer. La jeune première trouble l'ordre bourgeois, les situations sont passablement scabreuses, le « mari » entre au mauvais moment, etc. Autant de cas de figure dignes d'une comédie légère...

L'action pourtant n'est pas simplement située dans la fable et dans l'illusion de l'inactivité : apparemment futile, elle devient très dense et révélatrice de sens multiples et cachés dès lors qu'elle a pour cadre une scène de théâtre. « Il y a, dit Antoine Vitez, beaucoup plus de sens chez Tchékhov que dans la vie... Chaque réplique a un sens utile pour le personnage, utile pour la fiction. » L'action n'est jamais tant située dans les rapports de force entre les personnages que dans les implications et les parcours souterrains des discours. Elle passe toujours par l'allusion, la conversation, le maniement du langage. Et l'unique tentative d'action directe, à la fin de l'acte III, échoue lamentablement. Les personnages sont comme confrontés à des « poussées de langage » : chacun poursuit son idée fixe, laquelle paraît et disparaît, comme un leitmotiv, faisant d'autant progresser l'intrigue en l'inscrivant dans le discours et dans la caractérisation des protagonistes.

Les personnages

Il y a quelque paradoxe à vouloir définir des personnages dont les motivations restent toujours insondables et qu'on ne peut réduire à un ensemble de traits univoques. Aussi se contentera-t-on d'en esquisser un profil possible.

Malgré son titre, la pièce n'est pas consacrée au seul personnage de Vania. Elle présente plutôt, comme toujours dans le théâtre tchékhovien selon Meyerhold, « un groupe de personnages dépourvu de centre » que le dramaturge se refuse à juger et encore moins à donner en modèle. Dans le cas de Vania, on pourrait s'attendre que Tchékhov en fasse le portrait d'un raté et qu'il ne lui ménage pas ses critiques et ses sarcasmes. Il n'en est rien. Tchékhov ne sort pas de sa réserve : « Répartir les hommes en réussis et en ratés veut dire les observer avec étroitesse et préjugés. [...] Où est le critère ? Il faudrait être Dieu lui-même pour pouvoir distinguer infailliblement le succès de l'échec. » (A. Souvorine, 3 novembre 1888.) « Le rôle de l'écrivain consiste seulement à représenter les personnages, les circonstances et la forme dans laquelle ils parlent de Dieu ou du pessimisme. L'artiste ne doit être le juge ni de ses personnages, ni de ce qu'ils disent, mais seulement un témoin impartial. »

Dans *Oncle Vania,* Tchékhov s'est contenté de dessiner une constellation de personnages réunis dans la maison de Sérébriakov, une collectivité qu'il ne juge pas et dont l'agencement, bien plus que les destinées individuelles, est significatif. On prendra deux exemples pour illustrer la rigueur de cet agencement : le système des couples et des âges.

Apparemment, il n'y a qu'un seul couple légitime, celui de Sérébriakov et d'Éléna, couple fort déséquilibré et, pour cette raison, au centre de tous les conflits. Les autres personnages s'organisent en paires, ce qui crée de nombreux effets de parallélisme. Vania et Astrov, deux vieux amis, les deux seuls hommes honnêtes et intelligents de la province (p. 86), tous deux en crise, aiment la même femme. Éléna et Sonia, si différentes, oscillent entre l'amitié et la rivalité, hésitent entre une relation sororale et maternelle. Sonia et Vania sont unis par une même tendresse et une même déception, Sonia se comportant, malgré l'âge, beaucoup plus en adulte que son oncle. Tiéliéguine et Marina se situent en retrait d'une action qu'ils commentent selon un contrepoint ironique. Maria Vassilièvna et Marina s'opposent comme la « fausse » vraie mère et la « vraie » fausse mère de Sérébriakov et Vania. A chaque aspect d'un personnage correspond toujours un aspect complémentaire ou contradictoire chez les autres ; tout trait de caractère appelle son contraire.

L'interconnexion est renforcée par une absolue régularité des âges, chacun ayant une différence d'âge d'au moins dix ans par rapport au personnage immédiatement plus âgé ou plus jeune. Le texte précise qu'Éléna a vingt-sept ans, Astrov trente-sept ans, Vania quarante-sept ans. On peut supposer que Sonia, telle Ania dans *La Cerisaie,* est une toute jeune fille de dix-sept ans environ (dans *L'Esprit des bois,* elle a vingt ans). Sérébriakov vient de partir à la retraite, à un âge que l'on peut situer entre soixante-cinq et soixante-dix ans. Maria Vassilièvna, la mère de Vania, a au moins soixante-sept ans, ce qui rend d'autant plus étrange son rapport de mère adoptive pour le vieux professeur. Marina, la vieille nourrice qui rappelle à Astrov sa propre nourrice, est âgée d'au moins soixante-dix ans. Vania se plaint d'avoir laissé passer sa chance il y a dix ans, lorsque Éléna avait dix-sept ans et lui trente-sept. C'est très exactement l'âge d'Astrov qui à présent refuse la toute jeune Sonia, comme s'il répétait l'erreur de son ami Vania, confronté autrefois à Éléna. Cet intervalle de dix années est celui d'une demi-génération, ce qui explique probablement l'impossibilité de communiquer à la fois entre pairs et entre deux véritables générations : comme si l'espace de la famille et de l'amitié se soustrayait d'entrée à la communication. Espace intolérable et écart contre nature, la demi-génération empêche à la fois l'identification et le conflit. Ce chiffre de dix ans revient du reste à deux autres reprises, lorsque Astrov constate qu'il n'est plus beau comme lorsqu'il est arrivé dans la région (p. 20) et qu'il a suffi à Vania et à lui-même « de dix ans de cette petite vie mesquine, pour que cette chienne de vie (les) enlise » (p. 86). Lorsque la différence des âges entre deux personnages est de dix ans, l'amour ou l'amitié sont possibles, mais pourtant contrariés par des relations de rivalité (Vania/Astrov, Éléna/Astrov, Éléna/Sonia). Lorsque l'écart est de vingt ans, l'amour est d'entrée impossible, comme s'il était entaché par un conflit de générations (Éléna/Vania, Sonia/Astrov, Vania/Maria). Par contre, l'écart d'une trentaine d'années ou plus permet une amitié ou une affection sans conflit (Sonia/Vania, Marina/Astrov, Sonia/Marina).

Cet échelonnement régulier des âges ne saurait être le fruit du hasard. Il témoigne d'une volonté quasi scientifique d'observer des individus classés autant selon des cas de figures théoriques que selon des caractères différents. Toutes les situations d'échec sont passées en revue, à toutes les étapes de la vie, de dix-sept à soixante-dix-sept ans.

Ce caractère parabolique, voire mathématique, de la démonstration a de quoi surprendre chez un auteur souvent taxé de naturalisme et censé saisir sur le vif une société en grandeur nature. Il est confirmé par la caractérisation des personnages.

Malgré la diversité des caractères, Tchékhov ne s'efforce pas de donner à chaque personnage un langage spécifique ; il homogénéise au contraire leur façon de parler. C'est même la grande nouveauté d'*Oncle Vania* par rapport à *L'Esprit des bois* : « Au lieu que chaque personnage soit seulement marqué, comme *Ivanov* ou *L'Esprit des bois [Le Sauvage]* par un langage qui lui est

propre et le distingue des autres, l'ensemble des personnages va se trouver ici comme enveloppé dans un vaste
réseau de reprises et de leitmotiv qui créent simultané-
ment un langage commun à tous et à plusieurs. » (Sentz-
Michel, *op. cit.*) Ce qui caractérise les personnages, ce ne
sont donc pas les détails naturalistes et les effets de réel,
mais un système très cohérent de différences, une place
très précise dans la configuration actantielle, le moment
préprogrammé où leurs discours et leurs leitmotive font
résurgence. En formalisant et en énumérant leurs traits
de caractères — et leurs différences structurales — on
s'apercevrait aisément qu'ils correspondent à de grands
types du mélodrame ou du vaudeville. Il ne faudrait pas
beaucoup gauchir leur portrait et forcer le texte pour
découvrir que ces prétendues individualités naturalistes
sont pratiquement réductibles à des *masques* de la commedia dell'arte. Sérébriakov y serait un *dottore* ridicule
et atrabilaire ; Tiéliéguine, un imbécile heureux, proche
d'Arlequin ; Éléna, une jeune première, charmante et
jolie comme Colombine, mais vaine et vide comme une
figurante (p. 56) ; Sonia, une seconde amoureuse et une
servante au grand cœur : Vania, un matamore aussi ridicule que pitoyable, un mari cocu qui n'est ni tout à fait
cocu, ni tout à fait mari ! Autant d'éléments farcesques
que le réalisme psychologique et la lecture naturaliste
ont depuis bien longtemps refoulés. On verrait — et
on cherchera à le signaler dans la description indivi-
duelle des personnages — que la finesse de la caractérisation n'empêche pas la présence de grands archétypes.

Vania. L'oncle Vania donne son nom à la pièce, mais
il n'en est pas le héros central, comme un Hamlet ou un
Misanthrope. Il représente la figure stéréotypée d'un
personnage quotidien et prosaïque, sorte d'anti-héros,
impliqué malgré lui dans ces « scènes de la vie de campagne ». Car *Diadia Vania*, malgré l'assonance exotique
pour une oreille française, c'est presque l'équivalent en

français de *l'Oncle Jean,* voire de *Tonton Jeannot,* un nom qui ne peut être que celui d'un être débonnaire. Il est perçu et caractérisé dans la perspective d'un enfant, comme si Sonia décrivait un brave Tonton ronronnant. *Diadia,* c'est aussi le nom dont se servent les enfants pour parler d'un « monsieur ». L'allitération du nom évoque une *nursery rhyme* ou un diminutif affectueux ; elle signale d'entrée la fragilité et l'immaturité de cet oncle.

Mais qu'est-ce qu'un oncle ? Dans les sociétés traditionnelles, plus encore que dans les nôtres, c'est la filiation sans chair, la paternité et l'amour hors de la sexualité et des conflits parentaux. Dans les sociétés primitives, l'oncle est le père sans l'être, la figure d'autorité et d'affection qui se substitue à celle du père, du géniteur. Telle est bien la situation de l'oncle Vania : il est le père symbolique de Sonia ; celle-ci lui voue l'amour qui n'existe visiblement pas entre elle et son vrai père, Sérébriakov. Vania revoit en elle sa sœur défunte (p. 47), femme parfaite à ses yeux et que Sérébriakov a vite « remplacée » par la belle Hélène... Leur relation est très forte, mais aussi pleine de non-dits. Sonia lui a fait comprendre son amour malheureux pour Astrov (p. 60), mais il n'ose lui confier son secret (p. 94). Vania se substitue de plus en plus au vrai père de Sonia, père absent ou tyrannique, qu'elle entretient par son travail.

Vania est au carrefour de toutes les relations interpersonnelles possibles, mais il vit dans une situation familiale fort troublée. Sa mère, Maria Vassilièvna, est veuve d'un conseiller. Sérébriakov a probablement joué pour lui le rôle d'un père, admiré pour sa science, aimé à travers la sœur tant chérie. Après la mort de cette sœur et avec l'entrée en scène d'Éléna, les sentiments de Vania pour Sérébriakov ont dû changer complètement. Il est devenu le rival intellectuel et affectif du professeur, et il s'est senti abandonné par sa propre mère, qui s'est entichée du professeur et de sa science. La structure œdipienne est semblable à celle de Treplev dans *La Mouette* : Vania se sent rejeté par sa mère, à qui il reproche de succomber à la fascination d'un faux prophète. Et ce père usurpateur a eu en plus le mauvais goût de séduire la jeune femme qu'il aime !

Devenu le rival de son beau-frère et de son père « symbolique », Vania se trouve pris dans un piège affectif dont il ne peut plus sortir, même pas par une attaque violente contre le « faux » frère et père. Il rejette aussi sa mère qu'il « méprise ouvertement » (p. 42) et qui le traite comme un petit garçon. Aux moments de crise, c'est pourtant vers elle qu'il se tourne pour crier son désespoir (p. 75) ou pour demander conseil avant de se lancer dans une action irréfléchie (p. 78). Tous finissent par le prendre en pitié, par le traiter en enfant caractériel. Sa mère lui ordonne d'obéir à Sérébriakov qui « sait mieux que tous ce qui est bien et mal » (p. 72). Sonia le gronde (p. 45) et le materne (p. 95). Éléna prend congé de lui en posant un baiser sur la tête de « son petit » (p. 91). Dans cette configuration où le pouvoir symbolique est en définitive aux mains des femmes, Vania est infantilisé et vieilli à la fois : son état d'éternel « tonton » ne laisse guère de chance à l'amoureux éconduit et à l'homme déprimé d'être pris au sérieux.

Tout ceci, Vania le sait fort bien, car il garde malgré tout une extrême lucidité, une conscience aiguë de son état, observant sa déchéance sans complaisance, même s'il y a toujours un écart considérable entre ses aspirations et la réalité et s'il paraît se nourrir d'illusions (p. 47). L'ironie reste son dernier mécanisme de défense, ses coups d'éclat sont toujours très théâtralisés et à ce titre exclus des normes de la vie quotidienne ; on ne lui fera même pas l'honneur de l'arrêter, après ses coups de feu. En ratant Sérébriakov, il se place définitivement au rang des ratés et des héros tragi-comiques (« Un tel crétin... ! Tirer deux coups... et le rater deux fois de suite », p. 84). Le tragique de la situation et de la pièce s'en trouve littéralement et définitivement désamorcé.

Éléna. L'objet de la convoitise de Vania, la belle Éléna, a peu de chose en commun avec lui, ni d'ailleurs avec son autre admirateur, Astrov. Figure assez pâle, éternel second rôle dans sa propre vie (p. 56), elle est plus la projection fantasmatique des hommes et l'incarnation de leur désir qu'un personnage défini par des traits individuels. Les autres — en particulier les hommes — la perçoivent comme une créature oisive, offerte au regard masculin et à l'admiration, sans véritable autonomie, provoquant pourtant des sentiments incontrôlables. En réalité, on lui reproche surtout d'être belle et vertueuse, de fasciner les hommes comme une sorcière (p. 58). Astrov lui reproche longuement sa force de séduction : « Il y a quelque chose d'étrange dans tout votre être [...]. Partout où vous posez le pied — vous et votre mari —, partout vous n'amenez que la destruction » (p. 89). Dans cet univers de tontons ronchonneurs et de vieux garçons, Éléna n'est pas seulement une apparition radieuse, elle fait fonction de bouc émissaire, on l'accuse d'être celle par qui le malheur et la destruction arrivent ! Elle est bien en vérité l'élément dérangeant dans ce microcosme de l'ennui campagnard, le révélateur du vide affectif de Vania ou d'Astrov. Chez le docteur, elle en vient à figurer l'alliance de la beauté et de la destruction : les deux pensées sont tellement liées dans l'inconscient d'Astrov, qu'il ne peut évoquer la beauté et le désir sans immédiatement revivre la mort de son malade sous le chloroforme (p. 52), comme s'il craignait lui-même de succomber à la beauté et à l'oisiveté sur sa propre table d'opération.

Comme la belle Hélène de Troie (dans *L'Esprit des bois* Tchékhov y faisait expressément allusion), Éléna provoque sans le vouloir les pires catastrophes. Mais, comme pour parodier la mythologie grecque, elle prend les traits caricaturaux d'une petite-bourgeoise volontiers moralisatrice, aux « idées molles et absurdes sur le monde en perdition » (p. 44), soucieuse de son image (pp. 34, 54, 88) et vertueuse, parce qu'elle est « si peureuse, si timide... (que sa) conscience n'aurait plus de répit » (p. 62). Malgré cette honnêteté bourgeoise — dont se gaussent d'ailleurs Vania (p. 59) et Astrov (p. 66) dans un même sourire entendu — elle succombe presque à la tentation ; mais l'intervention de Vania, un bouquet à la main, la violente scène qui s'ensuit et le cynisme résigné d'Astrov font que la morale reste sauve. On notera au passage la vision assez misogyne de la femme qui nous est offerte : ou elle est belle et dangereuse (Éléna) ou elle est laide et maternelle (Sonia). Éléna pourtant vaut mieux que son image, car elle est aussi une victime des hommes : « torturée » par Vania (p. 35), tyrannisée par son mari Sérébriakov (p. 39), soumise à un chantage par Astrov (p. 67), prise au centre même des tensions et des déchirements de ce petit drame passionnel campagnard, elle a bien du mal à faire face, à renvoyer aux autres l'image de leurs désirs et de leurs frustrations, sans disparaître dans l'opération.

Sérébriakov. Son mari, le professeur à la retraite Sérébriakov, n'a par contre rien d'une victime. Ce serait plutôt lui qui tyrannise et exploite les autres. Tout ce qui brille n'est pas or, ni même argent et Sérébriakov, dont le nom vient du mot « argent », n'échappe pas à la règle. Il a trop longtemps donné le change sur ses capacités intellectuelles, mais à présent, plus personne, hormis la mère de Vania, n'est dupe de sa nullité. A preuve : il ressasse des idées qui ne sont pas les siennes sur le réalisme, le naturalisme « et autres absurdités » (p. 24) ! La satire du professeur est hargneuse et cruelle, mais tout à fait *réaliste* ! Tchékhov détestait les faiseurs de systèmes, les philosophes sentencieux et les donneurs de conseils, et il ne s'est pas privé de faire du professeur un individu lâche, vide et malhonnête. Moitié *Pantalone*, moitié *dottore* de la commedia dell'arte, Sérébriakov joue un rôle limité dans cette histoire, mais il cristallise le mécontentement et il échoue sur tous les plans, en tant que mari, père, savant, homme d'affaires et ami. Il y a dans ce personnage qui semble toujours sortir comme un diable d'une boîte aux moments les plus inopportuns (pp. 22, 37, 68, 90), un aspect farcesque et caricatural : « Il suffit qu'(il) dise un seul mot, et tout le monde commence à se sentir malheureux » (p. 39).

Astrov n'est plus le personnage-titre qu'il était encore dans *L'Esprit des bois* : la pièce n'est plus centrée autour d'un seul actant, pas même de Vania. Astrov n'en reste pas moins un personnage clef, un des nombreux faux doubles de Tchékhov, une figure de médecin préoccupé du bien public, écologiste avant la lettre, qui porte un nom de fleur — clin d'œil obligé à sa passion des forêts. Lui aussi est montré dans un moment de crise : celui qui évoque sans cesse le dur labeur d'un médecin de campagne est devenu aussi oisif que Vania. Il bavarde plus qu'il ne travaille, va soigner les malades à contre-cœur, se laisse prendre dans l'enlisement de cette maison de fous. Dès qu'est apparue Éléna, le démon des bois connaît son démon de midi. Il délaisse ses chères forêts, elles ne l'intéressent plus que pour y donner rendez-vous à la femme du professeur : foin alors de l'écologie !

L'homme ne manque pas de charme et sa marotte écologiste, qui le fait passer pour un fou ou au mieux un doux rêveur, témoigne de sa clairvoyance et de sa passion de la vie. Elle n'est pourtant pas exempte d'une tendance à délirer sur l'avenir de la Russie, à philosopher, surtout lorsqu'il est soûl, persuadé alors d'apporter à l'humanité « une contribution immense... immense » (p. 46). Les grands discours utopiques, semble dire Tchékhov, sont encore plus flamboyants lorsqu'ils sont arrosés par l'alcool...

Car Astrov, s'il est un médecin actif, un homme doué, est aussi miné par son milieu et son labeur, l'exemple vivant de la difficulté d'être un homme de talent :

« Difficile pour celui qui travaille et qui lutte, jour après jour, d'atteindre les quarante ans en restant sobre et les mains blanches » (p. 56). D'autant plus difficile qu'Astrov aime la vodka : s'il la refuse encore au tout début de la pièce (p. 19) pour la boire d'ailleurs un instant après, en interrompant ses grands discours humanitaires (p. 33), il en fait grande consommation la nuit, comme désinhibiteur, et lorsqu'il prend congé, il l'avale rituellement, malgré les promesses faites à Sonia de ne plus boire. Lui aussi, comme Vania, est en train de se détruire, et en pleine connaissance de cause : « Il est trop tard pour moi... j'ai vieilli, je suis abruti de travail. Je suis devenu vulgaire. Tous mes sentiments se sont émoussés. Je n'aime personne... et je n'aimerai plus jamais » (p. 52). Il tient parole : Sonia ne lui inspire qu'un respect poli ; il ne ressent pour Éléna « ni de l'amour, ni de l'affection... » (p. 52) mais un désir physique, une attirance pour la beauté, la beauté des flammes qui consument les forêts (p. 32) et celle de l'âme et des pensées (p. 50), celle qui tue à force de désir. Car le désir est associé chez lui au danger, à la mort (p. 52). Lorsqu'il quitte la propriété, il laisse derrière lui ses dernières illusions et le retour à la vie active et solitaire lui fait peur : il n'y aura plus désormais ni passion vive, ni foyer apaisant, ni même la résignation apaisée de Vania et de Sonia.

Sonia, au début de la pièce, était bien éloignée de la résignation. Cette toute jeune fille gère à elle seule la propriété de son père, ce qui ne lui laisse pas le temps d'avoir des états d'âme. Elle est pourtant la seule belle âme de cet univers passablement défraîchi, la seule qui donne plus qu'elle ne réclame, qui aime plus qu'elle ne désire, qui console plus qu'elle n'est consolée. *Sophia* Alexandrovna est une sage, comme son nom l'indique ; elle recherche l'harmonie, non pas en paroles comme Éléna (p. 34) ou Vania (p. 43), mais dans la vie de tous les jours. Elle aussi se sent gagnée par la tentation de la passion et de la paresse (p. 60), sans jamais y céder. Elle ne peut se permettre de trop penser à elle-même, et c'est en cela qu'elle diffère des autres, tous obsédés par leurs regrets et leurs aspirations chimériques. Cette mère sans enfants, que refusent les hommes à cause de sa laideur, s'inquiète de la santé de son oncle ou d'Astrov, materne le premier, nourrit le second, se sent responsable de leur avenir. Une complicité affective, forgée par l'adversité, la lie à Vania, qui retrouve en elle le portrait de sa sœur défunte ; complicité en partie inconsciente qui les rapproche aussi à travers leur amour malheureux pour Astrov et Éléna : ils aiment en effet les deux parties d'un couple bien différent d'eux-mêmes, mais qui se formerait, n'étaient les convenances sociales. Chacun sait bien ce que l'autre peut souffrir ; Sonia a deviné le secret de Vania, sans que celui-ci ait eu besoin de le lui avouer. Ses dernières paroles (« Il faut vivre »... « nous nous reposerons ») (pp. 94-95), sont-elles vraiment un hymne à « une vie radieuse, magnifique, superbe » (p. 95), un dernier recours à la religion et au paradis ? Sonia croit-elle à ce qu'elle dit ou tente-t-elle une dernière parade contre la mort et la résignation ? Nul ne peut le dire. Cette apparente niaiserie est peut-être la pudeur du désespoir.

Le nom de **Tiéliéguine** vient de *telega*, le chariot. Tiéliéguine, « propriétaire ruiné », dont l'oncle possédait le domaine de Sérébriakov, est un peu la cinquième roue au carrosse, mais il n'est pas le pique-assiette qu'on l'accuse d'être au village, car, s'il faut en croire Marina, il ne reste pas sans rien faire (p. 83). Il se tient seulement en marge de l'action qu'il commente verbalement ou musicalement, de gré ou de force (p. 45), tel un bouffon, un chœur parodique ou un personnage comique de vaudeville. Ce rôle de contrepoint grotesque, qui donne une note comique à un univers plutôt morose, permet à Tchékhov de glisser un commentaire parodique sur cet univers de laissés-pour-compte : « Le temps est déli-

cieux — les petits oiseaux chantent — nous vivons tous
en paix et en parfait accord » (p. 23). Tiéliéguine, tel un
imbécile heureux ou un Gilles plus naïf que niais, n'est
jamais avare d'un accord de guitare — c'est sa manière à
lui de réaliser l'harmonie qu'il recherche partout et à
tout prix, même au cœur de l'ouragan (p. 74). Il se fait
l'avocat du devoir et de la fidélité absolue (p. 25), passe
son temps à se voiler la face sur la réalité, refuse de se
poser des questions sur l'existence : dans *L'Esprit des
bois* Astrov/Krouchtchev donnait la clef de ce type de
gens heureux, « débonnaires parce qu'ils se fichent de
tout ! » (*op. cit.* p. 228). *Waffle,* la gaufre — tel est son
sobriquet —, est une bonne pâte sans forme propre et
qui se coule dans n'importe quel moule pour en épouser
la philosophie. Philosophie qui n'est d'ailleurs pas si
innocente, puisqu'elle consiste à jouer la comédie du
bonheur et de l'harmonie, à ne pas faire de vagues, à
maintenir l'ordre à tout prix.

Avec Marina, Tiéliéguine est l'une des incarnations
parodiques de la loi morale et de la fatalité (p. 82) ; il
n'aspire plus qu'à une chose : manger des nouilles
comme autrefois (p. 82). Enfin une aspiration concrète...

Marina, la nourrice sans âge, est aussi une figure
parodique du destin, la répétition des actions quotidien-
nes, la permanence de la nature et des habitudes,
comme si elle était hors de l'histoire, en tout cas des
crises épisodiques. Elle n'est d'ailleurs pas vraiment
engagée dans cette histoire et elle est le seul personnage
qui n'apparaît pas dans *L'Esprit des bois.* Ne croyant ni
aux coups de foudre, ni aux coups d'éclat, ni aux coups
du destin, elle sait que les choses finissent toujours par
rentrer dans l'ordre. Les estivants en dispute ne sont
pour elle que des oies en train de cacarder (p. 78). Les
vieux comme elle ou Tiéliéguine ont compris la musique : ils n'éprouvent plus le besoin de discuter ou de
parler, il leur suffit de gratter une guitare ou de produire
des onomatopées (pp. 30 et 83).

Malgré le cynisme dicté par l'expérience et l'usure du temps, Marina reste pour tous un point de repère stable dans le temps et la famille, elle est toujours la mère adoptive, la nourrice qui console aussi bien Astrov (actes I et IV), Sérébriakov (acte II), Vania que Sonia (acte III).

Maria Vassilièvna ne partage pas avec elle cette fibre maternelle. Cette « vieille perruche de "maman" » (comme dit Vania) (p. 23) serait plutôt la figure desséchée et empaillée de la mort au travail, image en abyme de la manie d'annoter des brochures : le premier et le dernier actes se terminent sur cette image effrayante d'un temps répétitif et arrêté, comme si c'était le destin qui griffonnait ses arrêts dans le grand livre du monde. Son rôle dans la pièce est plus muet et symbolique que réel, mais il est capital dans l'économie des mécanismes inconscients des personnages et du discours symbolique et refoulé de la pièce. Maria Vassilièvna s'est entichée du vieux savant, telle Madame Pernelle du *Tartuffe*. Elle reproche à son fils, par contraste, de n'avoir pas su « faire son œuvre » (p. 28). Mère castratrice qui coupe la parole à Vania pour donner raison au professeur (p. 72), qui le maintient dans une relation infantile, alors même qu'elle « continue à radoter sur l'émancipation des femmes » (p. 23), elle contrôle toujours la configuration des désirs et des interdits, placée stratégiquement en marge du texte de la brochure et en marge de la vie de Vania.

Thématique

L'impossible médiation

« Jour et nuit, un démon m'étouffe à l'idée que ma vie est irrémédiablement perdue » (p. 43) se plaint Vania à Éléna. Il résume ainsi la thématique centrale de la pièce, le sentiment d'étouffement et de destruction de tous les personnages. L'univers sémantique du texte s'articule sur une opposition assez manichéenne entre les forces de la création et celles de la destruction. Fondamentalement, c'est le temps qui dégrade les choses et les êtres : les forêts périssent dès qu'on cesse de s'en occuper ; la population croupit dans les épidémies et la saleté (p. 20) ; les hommes s'abrutissent à coups de vodka, gâchent leur vie par manque d'idéal, de force morale ou de désir ; la famille et le couple se désagrègent ; l'individu perd foi dans la vie. La plupart des personnages, sauf les trois représentants parodiques du destin, sont parfaitement conscients de cette dégradation. Ils y remédient diversement et seulement par intermittence, grâce à la médecine, à l'écologie, à la gestion ou au travail quotidien. La lutte contre la dégradation doit être incessante, faute de perdre le contrôle sur la nature ou le respect de soi-même. Or, aucun personnage n'a la force de mener cette lutte indéfiniment : la fatigue, la vodka, l'ennui, la frustration les en empêchent. Du reste il n'y a nulle médiation entre les antinomies que sont la création et la destruction, la vie et la mort, la jeunesse et la vieillesse, le travail et la paresse, la passion et la quotidienneté, l'optimisme et le pessimisme. Ou bien alors ces médiations ne sont que de faux-semblants : le travail improductif de cet « écrivailleur perpetuum mobile » qu'est le *Herr Professor* (p. 28), les commentaires marginaux et débiles de Maria, les comptes d'apothicaires de Vania et Sonia, les opérations audacieuses auxquelles s'attaque Astrov lorsqu'il est soûl (p. 46). Mais ces fausses médiations, ces compromis médiocres ne satisfont pas les gens de cette propriété. Ils voudraient accomplir un travail pleinement créateur, être de vrais écrivains — comme Sérébriakov ou Vania —, des artistes — comme Éléna —, ou des hommes de science — comme Astrov. Ils s'accommodent mal de la « vie provinciale russe mesquine » (p. 50) qui force à un compromis entre la créativité et la quotidienneté.

Le compromis est toujours synonyme d'échec. Il laisse

chacun insatisfait, sans solution et sans catharsis. Chacun se plaint d'étouffer (pp. 35, 48), de ne pas être soulagé par l'orage (pp. 43, 45). L'explication, le dialogue, le drame et la violence sont devenus impossibles : les conflits ne peuvent plus être purgés dans les larmes ou le sang, car ils sont absorbés et camouflés dans la quotidienneté. Les pleurs ne sont que de courte durée (p. 56) ; le rêve de « se réveiller par un beau matin clair, calme... de sentir la vie nouvelle » (p. 85) s'éloigne à jamais ; l'eau purificatrice et désaltérante est refusée à Vania (p. 72). Éléna n'ose pas tomber « amoureuse d'un quelconque génie des eaux » et « plonger dans le tourbillon la tête la première » (p. 59). Sonia et Éléna ne sont pas autorisées à jouer et à pleurer (p. 55). Aucune résolution cathartique, aucune explosion suivie d'effet, aucun orgasme ne vient apaiser les tensions.

Le quotidien et le mythique

Cette absence de résolution, qu'elle soit tragique ou comique, s'explique également par un curieux mélange de notations prosaïques et d'implications mythiques. Le quotidien y est saisi dans tous ses états, d'abord à travers les conversations autour du samovar ou de la bouteille de rouge, puis, dans la toute dernière séquence, en grandeur nature, lorsqu'on voit Vania et Sonia se lancer dans leur comptabilité et qu'on sent le silence, la quotidienneté et l'ennui s'installer dans la maison (acte IV). Ce théâtre donne à sentir la lenteur du temps, l'ennui des estivants, le rituel des plaisanteries et des plaintes ; il élimine les grandes actions jugées trop théâtrales, il dédramatise l'action : « Dans la vie, les hommes ne se tuent pas, ne se pendent pas, ne se font pas des déclarations d'amour à tout bout de champ. Ils ne disent pas à tout instant des choses pathétiques. Ils mangent, ils boivent, ils se traînent et disent des bêtises. Et voilà, c'est cela qu'il faut montrer sur scène. Il faudrait écrire une pièce où les gens arriveraient, partiraient, mange-

raient, parleraient de la pluie et du beau temps, joue-
raient aux cartes, et tout cela non pas parce que l'auteur
en a besoin, mais parce que tout cela se passe comme ça
dans la réalité. » Dans *Oncle Vania,* les actions mises en
scène sont assez proches de la réalité russe, telle qu'on
peut se l'imaginer ; on y voit certes les personnages à un
moment de crise (aux actes II et III), mais cette crise est
produite, puis résorbée, par l'emprise du quotidien. Il
devient impossible de séparer l'infiniment petit et l'infiniment grand, les détails prosaïques et la quête métaphysique. « Sous l'apparent tissu de la banalité quotidienne, remarque Antoine Vitez, s'agitent de grandes
figures mythiques, cachées » (*Silex,* p. 74). Le détail le
plus insignifiant est susceptible de libérer une interprétation mythique insoupçonnée. Le grand art de Tchékhov c'est de dire très peu, pour dire beaucoup, de faire
parler des bavards sans cervelle, alors que chacun de
leurs mots est absolument nécessaire et ouvre de vertigineuses perspectives. L'affectif, l'économique et le politique sont étroitement liés : qui pourrait dire par exemple pour quels motifs exacts Vania tire sur Sérébriakov
et ce que représente cet acte manqué ? Est-ce la déception d'avoir trouvé Éléna dans les bras d'Astrov ? La
fureur d'être chassé de chez lui par la vente de la propriété ? La rancœur accumulée contre le savant médio-
cre ? La jalousie pure et simple ? Tous ces mobiles
entrent en jeu, sans qu'il soit possible de démêler l'éche-
veau ou de discerner le grand du petit.

Le quotidien de surface renvoie toujours à une profondeur mythique, et inversement, le mythe n'est qu'une
surface en trompe l'œil qui cache une infrastructure
socio-économique.

La mythologie grecque fournit quelques éléments
parodiques pour servir de cadre à cette partie de campagne mouvementée. Sérébriakov, à peine descendu de
son Olympe moscovite, « se pavane comme un demi-
dieu » (p. 24). La belle Hélène séduit et détruit tout sur
son passage. Marina tricote et dévide un bas de laine

(pp. 83, 97), telle une Pénélope sans Ulysse. Maria Vassilièvna crayonne dans le grand livre qui lui tient lieu d'existence. Tiéliéguine, l'homme au visage grêlé, « joue doucement de la guitare », figure apollinienne des arts, de l'harmonie et de la divination. Ces trois petits vieux qui tricotent, devisent et noircissent du papier sont les geôliers débiles de la propriété, les Erynies qui s'acharnent sur les personnages tournés vers le passé.

Cet aspect parodique de l'univers tragique ne doit pourtant pas cacher une autre mythologie, beaucoup plus profondément ancrée dans la fable, celle de la destruction universelle. Ce n'est pas la lutte du bien et du mal (thématique chrétienne, absente ici), mais celle de la création et de la destruction, une lutte dont l'issue est toujours incertaine et qui concerne tout l'univers : la nature, le temps, la famille, l'individu, la Russie d'hier et d'aujourd'hui, l'humanité tout entière. La nature est prise comme le symbole tangible de cette destruction imminente et menaçante : les forêts retournent très vite à l'état sauvage, l'été est étouffant, la chaleur mal répartie entre l'Afrique et la Russie (p. 93), l'air est irrespirable, l'hiver gèle les rapports humains (p. 93). Toutes ces forces sont des forces de mort ; elles sont l'œuvre du démon de la destruction, et, comme par hasard, Astrov les voit incarnées dans Éléna qui « n'amène que la destruction » (p. 89).

La beauté, la jeunesse et l'amour sont vécus par Astrov — mais aussi par Sérébriakov (p. 38), Vania et Sonia (p. 58) — comme une force de mort. Éros rejoint Thanatos. Tous d'ailleurs attendent cette mort, comme pour être délivrés de la passion dévastatrice comme de la quotidienneté : Vania n'a plus que treize ans à végéter (p. 85), Sérébriakov se croit mourant, Éléna sera vieille dans cinq ou six ans (p. 40). Les hommes, comme les forêts, menacent de retourner à l'état sauvage ; toutes leurs forces vives sont soumises à un gaspillage de temps (Vania), de beauté (Éléna), de talent (Astrov), de bonté et d'énergie (Sonia).

On a déjà relevé la structure triangulaire qui, comme dans *La Mouette,* fait du complexe et du mythe d'Œdipe le conflit central de la pièce. Vania déteste le vieux professeur, celui qui a usurpé, auprès de sa mère, le titre de premier poète et qui a épousé la femme qu'il aime, Éléna. Mais c'est un Œdipe qui manque son coup, qui non seulement n'est pas admis dans l'univers tragique, mais encore est réduit à l'état de « nullité » (p. 75) et de fou inoffensif. Une fois encore, la structure tragique du mythe s'écroule sur le prétendu héros et se résorbe dans la quotidienneté.

Le travail de l'écrivain

De L'Esprit des bois à Oncle Vania

Pour comprendre l'écriture dramatique tchékhovienne, on dispose d'un extraordinaire document, d'un avant-texte et d'un « brouillon » : *L'Esprit des bois,* pièce écrite en 1889 (*cf.* « Biographie », 1889, 1890). La manière dont Tchékhov a remanié son texte est très instructive pour suivre la genèse d'une manière nouvelle, l'invention d'une dramaturgie originale. En superposant les deux pièces, « on est alors stupéfait — remarque Daniel Gillès — de découvrir deux textes à la fois très proches et très différents l'un de l'autre, au point qu'on croirait parfois, paradoxalement, que le premier est le pastiche du second » (édition de 1973, p. 3). Des scènes entières ont été reprises dans *Oncle Vania.* Les répliques ont cependant été souvent déplacées, d'un personnage à l'autre. Ce n'est pas dans le passage du vaudeville au drame psychologique que la différence est véritablement sensible (car *Oncle Vania* conserve bien des traits d'une comédie légère), mais dans la caractérisation et la motivation des personnages, dans l'économie de l'écriture.

L'Esprit des bois (*Liechi,* en russe, au sens de « syl-

vain », de génie des bois ou de *Sauvage,* selon la traduction discutable du mot par G. Cannac et G. Perros,
à *L'Arche*), c'est Mikhaïl Khrouchtchev, « un propriétaire qui a fait des études de médecine ». Il est au centre
de la pièce, tandis que Vania (Voïnitzki) est accusé
ouvertement par Jeltoukhine, « un ingénieur qui n'a pas
terminé ses études, homme très riche » et qui a été sup-
primé dans *Oncle Vania,* de coucher avec la femme
du professeur (p. 183). Il est donc beaucoup question
d'adultère, les situations sont volontiers scabreuses, le
mari entre dans la pièce au moment où Voïnitzki fait sa
déclaration à Éléna (p. 195) ; quant à Khrouchtchev, qui
ne s'intéresse pas à Éléna et ne cherche pas à la séduire,
se veut le défenseur de la vertu. Ses accusations et
l'annonce de la vente de la propriété finiront par pousser
Voïnitzki au suicide, à la fin de l'acte III. Cette comédie
se termine donc très mal, même si « ce roman d'amour
entre George et Éléna, dont tout le district faisait des
gorges chaudes, n'était en réalité qu'un sale et ignoble
ragot » (p. 237). Mais le suicide de Vania n'aura été
qu'un accident de parcours, les choses finissent par
s'arranger. Éléna qui avait quitté le foyer se réconcilie
avec son mari. Sonia épousera le docteur : leur malentendu n'aura été que politique et passager (p. 207), et
non émotionnel et existentiel comme dans *Oncle Vania.*
La fable de ce vaudeville ne saurait être plus conven-
tionnelle, même si elle est persiflée par une ironie mor-
dante.

La différence la plus nette avec *Oncle Vania* réside
dans la caractérisation des personnages, dans leur tendance à s'autodéfinir et à donner la clef de l'énigme. La
métaphore centrale du sauvage est explicitée : « Il y a
un sauvage en chacun de vous, vous errez tous dans une
forêt obscure, vous vivez à tâtons. L'intelligence, le
savoir, le cœur ne nous servent qu'à gâcher notre vie et
celle des autres » (p. 244). Les motivations des personnages sont très souvent clarifiées, par eux-mêmes ou au
cours d'un dialogue. Voïnitzki donne la clef de sa souf-

france : « Comme j'envie ce toqué de Fédor ou cet imbécile de Sauvage ! Eux sont spontanés, francs et naïfs. Ils ne connaissent pas cette maudite ironie qui empoisonne tout... » (p. 203). Khrouchtchev perce à jour l'esprit de sacrifice de Sonia : « Pour flatter votre amour-propre, vous voulez gâcher votre vie et vous croyez faire des sacrifices » (p. 239).

La part du non-dit, de l'insondabilité des consciences est beaucoup plus grande dans *Oncle Vania*. La réécriture est pour Tchékhov un art de la rature : suppression de personnages, simplification des intrigues, dédramatisation et démotivation des actions, effacement des guillemets des citations par exemple celles qui se réfèrent à Paris ou à la belle Hélène, suspension des phrases et des jugements. La fable est décentrée, il n'y a plus de personnages principaux ou de moments privilégiés, l'énigme posée n'est pas résolue, le texte joue de son inachèvement. Ce n'est pas la vision du monde qui a changé au cours de ces années (*cf.* « Biographie », 1897), mais la prétention de l'exprimer et la part toujours plus forte accordée au silence, au non-dit, à l'ouverture du texte. Tchékhov gagne beaucoup à cette thékhovisation.

Procédés tchékhoviens classiques

On ne reviendra pas systématiquement sur les procédés de l'écriture tchékhovienne déjà décrits à propos de *La Mouette**. Certains procédés se retrouvent pourtant ici. Le dialogue tend à s'émanciper de l'action, à s'enrichir des silences et des non-dits, le dramaturge prend garde de ne jamais donner la clef d'un personnage, d'en suggérer plutôt la complexité et les contradictions. Le texte dramatique, malgré ses apparences naturalistes, est d'une grande fragilité ; il semble inachevé, il faut le recomposer « transversalement » en fonction d'une

---

* Commentaires et notes de *La Mouette*, « Le Livre de Poche », n° 6123.

mémoire musicale des thèmes et des associations. On trouve beaucoup moins ici d'effets d'écho et de leitmotive ; il n'y a pas un symbolisme comparable à celui de *La Mouette,* car le thème de la destruction/création est beaucoup plus diffusément réparti dans la texture de la pièce.

Une écriture discontinue

L'écriture dramatique sert une « pensée effilochée ». Vania, par exemple, pense souvent à voix haute, mais de manière discontinue : son discours émerge et disparaît au gré de son rêve éveillé (lorsqu'il évoque le professeur et sa femme, par exemple) (p. 23). La connexion thématique entre les fragments audibles est toujours très instructive. De tels glissements de parole révèlent souvent les motivations inconscientes des locuteurs. Lorsque Éléna évoque, en présence de Vania, la relation de Sonia et d'Astrov, elle en vient vite à évoquer son propre rapport à Astrov, craignant d'avoir été méchante avec lui (p. 34). Lorsque Astrov décrit à Sonia son incapacité d'aimer, il dévie immédiatement sur la seule exception, « seule la beauté pourrait encore me retenir » (p. 52) et l'exemple d'Éléna lui vient naturellement à l'esprit.

Les nombreux points de suspension ou les longs silences invitent le lecteur ou l'auditeur à prendre conscience des éléments refoulés, des associations d'idées, des ruptures thématiques, des enchaînements inattendus, du bavardage gêné. On prend congé par les silences et les suspensions de discours, car les silences sont à la fois la volonté de ne pas parler et la non-parole de l'auditeur. Ainsi, les derniers « mots » de Sonia et d'Astrov, qui justement se passent de mots :

MARINA : Peut-être une petite vodka ?

ASTROV : Si tu y tiens... *(Marina sort. Un temps.)* Un de mes chevaux s'est mis à boiter (p. 93).

En acceptant cette vodka, Astrov ne respecte pas la promesse faite à Sonia de ne plus boire : manière indirecte de prendre congé d'elle, de retourner à son ancienne vie. Sonia ne lui fait aucun reproche. Gêné par le silence qui s'installe, Astrov oriente la conversation sur un détail insignifiant. Le sens de la séquence réside dans le dialogue des non-dits, les points de suspension et les notations hyperréalistes se complètent, créant un effet de totalité, malgré la discontinuité du dialogue. « Lorsque j'écris, nous dit Tchékhov, je compte entièrement sur le lecteur espérant qu'il ajoutera lui-même au récit les éléments subjectifs qui lui manquent. » *(Carnet.)*

Le même principe de complémentarité vaut pour les microactions qui, sous leur futilité, sont révélatrices d'actions symboliques : faire les comptes en additionnant des sommes dérisoires, c'est effectuer le bilan également dérisoire d'une vie faite de petits riens, c'est accepter la loi des vieillards et la condamnation aux petits travaux forcés à perpétuité.

L'espace et le temps

On aurait tort de limiter l'étude de l'écriture dramatique tchékhovienne aux seuls mots. Elle est tout aussi scénique, dans la mesure où elle utilise l'espace, la durée, l'atmosphère pour signifier. La discontinuité de l'écriture des dialogues n'a d'égale que l'hétérogénéité des espaces et des temporalités. L'espace et le temps structurent la fable, prennent une valeur dramatique et scénique.

Chaque acte se définit par un point de vue, une temporalité et un climat spécifiques. L'acte I présente une certaine objectivité (celle de l'exposition) puisqu'on a *une* vue de l'extérieur sur la propriété de Sérébriakov, comme si l'on pouvait encore observer la maisonnée de l'extérieur. Nous sommes au cœur de l'été, on étouffe. L'acte II, situé dans « la salle à manger dans la maison de Sérébriakov », se déroule pendant la nuit, une nuit d'orage, par une chaleur étouffante. L'enfermement du couple Éléna/Sérébriakov donne à cet espace-temps l'aspect d'une sorte de reportage intimiste : c'est « le mariage comme si vous y étiez », avec tous ses à-côtés, la vie des autres personnes et leur rapport au couple. L'acte III, qui se déroule à l'automne, dans le salon de la maison, est celui de la cohabitation difficile. Espace social très encombré où se font les bonnes et les mauvaises rencontres, ce lieu n'est ni privé ni communautaire. Il devient l'enjeu d'un formidable conflit, puisque le maître des lieux veut en expulser ceux qui y travaillent. L'acte IV se déroule peu de temps après le précédent, par un soir d'automne, alors que l'hiver s'annonce déjà. C'est l'acte du départ, de la transition, mais aussi d'une installation dans la quotidienneté et la longue durée. L'espace privé est littéralement envahi par le travail, la chambre à coucher de Vania devenant le bureau de la propriété : les factures remplacent les manuscrits, l'espace érotique est à jamais condamné.

La lutte pour l'espace, l'intériorisation des limites et des interdits en préparation d'une longue hibernation, le cycle immuable des saisons et des âges, l'immobilisation finale et quasi mortuaire (« Nous nous reposerons », p. 95), tout ceci indique l'harmonisation des facteurs spatiaux, temporels et climatiques dans la stase finale. Tout, dans le texte comme sur la scène, prend son sens d'une même intégration de l'espace, du temps, de l'action ou du personnage. Les diverses perspectives se rencontrent en un lieu, un moment et une action où tout est dit : lieu du repos ou de la mort, selon la lecture qu'on en donne.

Ce point d'intégration préserve pourtant l'autonomie de chacun des éléments (dialogue, temps, espace, action) et va jusqu'à la renforcer. Ces éléments demeurent juxtaposés et forment une structure d'ensemble polyphonique, dans laquelle le rapport des éléments, et notamment leur hiérarchie, demeure indécidable. Le

texte dramatique, comme sa mise en scène, se caractérise par une relativisation perpétuelle d'un élément par
un autre, par une métonymie généralisée des signes.
Témoin cette dernière séquence de la pièce où Vania et
Sonia sont assis l'un à côté de l'autre, le corps ici, le
cœur ailleurs, entourés de leurs trois cerbères, figures
inconscientes d'un destin dégradé : le guitariste, l'anno-
tatrice, la tricoteuse.

L'ironie, point d'intégration

Ce mécanisme d'intégration d'éléments convergents
dont la résultante est indécidable, ce n'est pas autre
chose que l'ironie. L'ironie, en effet, associe au moins
deux éléments, la plupart du temps antinomiques, et
refuse de trancher entre ce qui est vraiment dit et ce qui
est suggéré comme vérité profonde. Par exemple, le
texte ne tranche pas sur le sens des dernières paroles de
Sonia (« Nous nous reposerons ! ») : ce peut être le repos
éternel du chrétien (signification immédiate), ce peut
être aussi une allusion ironique à la mort (signification
dérivée : nous serons tranquilles quand nous serons
morts ou quand nous n'aurons plus d'*envie,* du moins
plus d'autre envie que d'écrire des factures).

Ce cas d'ironie plutôt macabre n'est pas un exemple
isolé. Toute la pièce obéit à cette même logique de
l'antiphrase : à partir du moment où Vania fait l'expérience qu'il ne peut rien changer à sa vie et à celle des
autres, qu'il ne peut entrer dans l'univers tragique puisqu'il est un Œdipe qui rate son coup, toute la pièce
devient ironique : le spectateur sait très bien d'entrée
que les personnages rateront tout ce qu'ils entrepren-
dront. Dès lors, Vania ne fait qu'accumuler les bévues
tragi-comiques : il conseille à Éléna de tomber amoureuse d'un quelconque génie des eaux ; il ne se trompe
que sur l'identité du génie : ce sera un génie des bois !
Vania est l'homme qui arrive toujours trop tard. Lorsqu'il retrouve Éléna, un bouquet de fleurs à la main, les

bras lui en tombent : l'autre est déjà sur place ! Sa vie ne se révèle être — au terme d'une série de reconnaissances très œdipiennes — qu'une suite d'erreurs prévisibles, mais qu'il n'a pas su éviter.

L'ironie n'est pas simplement thématique et liée aux découvertes des personnages. Elle est métatextuelle et fondée sur la production continue d'ambiguïtés, sur la démotivation des personnages et sur la stratégie de lecture qui rend possible une interprétation et son contraire, en refusant de trancher explicitement. Ironie qui se paie le luxe de faire douter de toute leçon et de toute philosophie, puisque les discours philosophiques sont l'apanage des moralisateurs (Éléna, p. 34), des faibles d'esprit (Tiéliéguine, p. 75) ou des ivrognes (Astrov, p. 46).

La pièce et son public

Oncle Vania fut jouée en province, dès sa parution en 1897 ; mais la première véritable mise en scène fut celle de Stanislavski et Nemirotitch-Dantchenko au Théâtre d'Art, le 26 octobre 1899 avec Stanislavski dans le rôle d'Astrov, sa femme Maria Lilina dans celui de Sonia, Olga Knipper, la future femme de Tchékhov dans celui d'Éléna, Loujski étant Sérébriakov et Vichnevski Vania. Tchékhov assista à quelques répétitions, sans pourtant satisfaire la curiosité des acteurs qui l'interrogeaient sur l'interprétation des personnages : « Tout est dit dans la pièce » était sa réponse favorite. Il est vrai que le moindre détail compte, par exemple le fait que Vania porte une cravate de soie et s'habille avec élégance, et donc (selon la remarque de Tchékhov) que les hobereaux comme Vania sont des gens bien élevés qui commandent leurs habits à Paris.

Stanislavski : « Ces quelques mots, en eux-mêmes insignifiants, reflétaient d'après Tchékhov tout le drame

— le drame de la vie russe contemporaine : voir un professeur parfaitement nul et parfaitement inutile qui coule sa vie dans la félicité ; il jouit d'une réputation de savant fameux, gloire aussi enflée qu'imméritée. Il est l'idole de Pétersbourg, il écrit des ouvrages ardus complètement stupides que sa vieille folle de belle-mère, la Voïnitskaïa, lit avec délectation. Pris dans le courant d'enthousiasme général, oncle Vania lui-même reste un certain temps sous le charme, le considère comme un grand homme, travaille pour lui dans la propriété d'une façon totalement désintéressée, tout cela pour soutenir la fameuse réputation du professeur. Or, il s'avère que ce Sérébriakov n'est qu'une bulle de savon, qu'il occupe une fonction élevée sans l'avoir jamais méritée, tandis que des gens bien vivants et pleins de talent, comme oncle Vania et Astrov, pourrissent dans des trous complètement perdus de cette Russie si vaste et si mal organisée » (*Ma vie dans l'art,* p. 291).

Malgré les télégrammes envoyés par les acteurs à Tchékhov pour l'assurer du succès public, le spectacle leur « semble à tous avoir été un four », aux dires même de Stanislavski (p. 292) et la pièce mit quelque temps à s'imposer, faisant douter une fois de plus son auteur de ses talents dramatiques : « La pièce est vieille, écrivit-il à Olga Knipper, déjà démodée et elle a toutes sortes de défauts : si plus de la moitié des interprètes n'ont pas su trouver le ton juste, c'est vraiment la faute de la pièce. » Mais, écrit Stanislavski, « le temps fait son ouvrage ; le spectacle fut par la suite reconnu, il tint l'affiche plus de vingt ans et devint célèbre aussi bien en Europe et en Amérique qu'en Russie » (*Ma vie dans l'art,* p. 292).

Les critiques ne lui furent pourtant pas ménagées, par des auteurs aussi éminents que Tolstoï ou, plus tard, Maïakovski.

TOLSTOÏ : Où est le drame ? en quoi consiste-t-il ? La pièce piétine, elle fait du sur place.

MAÏAKOVSKI : Tu vois nasiller des tantes Mania et des

oncles Vania. Quant à nous — foin des oncles et des tantes !
Qu'on ne les sorte plus...

Mystère-bouffe, 1918.

Seul Gorki aura eu, dans une lettre adressée à Tchékhov, la largeur de vue nécessaire pour comprendre ce
nouveau genre d'art dramatique :

> GORKI : Votre déclaration sur le peu d'envie que vous
> avez d'écrire pour le théâtre m'oblige à vous dire quelques
> mots sur la façon dont le public qui vous comprend juge vos
> pièces. On dit, par exemple, que *Oncle Vania* et *La Mouette*
> présentent un nouveau genre d'art dramatique, dans lequel le
> réalisme s'élève au niveau d'un symbole spirituel, profondé-
> ment réfléchi. Je trouve que ce qu'on dit là est très juste. En
> écoutant votre pièce, je réfléchissais sur la vie sacrifiée à
> l'idole, sur l'intrusion de la beauté dans la misérable vie des
> hommes, et sur bien d'autres choses, essentielles et impor-
> tantes. Les autres drames ne conduisent pas l'homme, à par-
> tir des réalités, à des généralisations philosophiques — les
> vôtres le font.

Oncle Vania est demeurée une des pièces les plus
jouées de Tchékhov, même si son évaluation a connu les
fluctuations de l'œuvre tout entière. Longtemps tenue en
suspicion par le nouveau pouvoir soviétique, accusée de
subjectivisme bourgeois ou réduite à un document
sociologique du vieux monde des propriétaires, la pièce
dut attendre les années 50 avant de connaître un regain
d'intérêt et une évaluation plus juste de la part de la
critique et des metteurs en scène.

La création française de l'œuvre, dans la traduction de
Georges et Ludmilla Pitoëff, à Genève eut lieu le 8 janvier 1921. La pièce fut reprise dans une mise en scène
de Sacha Pitoëff d'après les notes de son père, en 1950 et
1959 (traduction aux Éditions Denoël et dans l'*Avant-
Scène du Théâtre,* n° 202).

Outre les traductions d'Elsa Triolet (Éditeurs Français
Réunis, 1954), de Genia Cannac et Georges Perros

(L'Arche, éditeur, 1960) et d'Adamov (Le Livre de Poche, 1958) déjà anciennes, la pièce a été souvent retraduite à l'occasion d'une mise en scène nouvelle. Parmi celles-ci on relèvera :

1979 — Adaptation et mise en scène de Jean-Pierre Miquel à l'Odéon (éd. du Centre dramatique et national de Reims).

1983 — Traduction de Michel Tremblay et Kim Yaroslevskaja (éd. Leméac) pour la mise en scène d'André Brassard au Centre National des Arts d'Ottawa.

1985 — Traduction de Simone Sentz-Michel pour la mise en scène de Félix Prader avec les Comédiens-Français.

1986 — Traduction de Bruno Sermonne et Tonia Galievsky pour la mise en scène au Théâtre de l'Est parisien dans la présente édition.

Malgré la diversité des mises en scène, on constate une salutaire remise en question du dogme naturaliste. La pièce n'est plus jouée de manière purement psychologique et naturaliste. Comme un document sur une époque ou une frange de la société, elle retrouve, ce que Meyerhold définissait comme le double visage du Théâtre d'Art de Stanislavski, le naturalisme et le théâtre d'états d'âme, l'harmonie qui « ne fut pas détruite dans les deux premières mises en scène (*La Mouette* et *Oncle Vania*) tant que l'art des acteurs resta totalement libre », alors que Stanislavski, toujours selon Meyerhold, fut un « metteur en scène naturaliste qui fit d'abord de l'ensemble une essence, et finit par perdre la clef de l'interprétation des pièces de Tchékhov » (p. 104).

Les traductions françaises récentes effectuent souvent une « dérussification » du texte, pour ne pas faire une référence trop explicite à la Russie de la fin du XIXe siècle, ce qui accentue d'autant l'universalité des thèmes et des situations. C'est le cas de la mise en scène de Miquel :

J.-P. MIQUEL : De la même façon que les personnages ne sont pas hiérarchisés, et peuvent chacun, et à tout moment,

être les porte-parole de l'auteur, leur situation historico-poli-
tico-sociale importe assez peu dans leur recherche doulou-
reuse et ironique, dans la mesure où chacun d'eux porte en
soi le regard de Tchékhov, et pas seulement son propre
regard (p. 31).

Les personnages et l'univers tchékhoviens deviennent
des archétypes de la condition humaine, des précurseurs
de l'absurde, des « figures mentales », comme l'écrit
Georges Banu, en marge de la traduction de Sentz-
Michel pour la mise en scène de Prader :

G. BANU : De toutes les pièces de la grande tétralogie
tchékhovienne — *La Mouette, Oncle Vania, Les Trois Sœurs,
La Cerisaie* — seul *Oncle Vania* porte le nom d'un personnage comme si Tchékhov avait voulu faire de lui le symbole
d'un état, d'un rapport au monde. Vania est une figure men-
tale : Sisyphe après la révolte. Il s'enfonce désormais dans
l'absurde. Avec Sonia à ses côtés. Tous deux sèchent leurs
larmes et décident de vivre en se résignant à l'idée que « dans
le monde absurde, la valeur d'une notion ou d'une vie se
mesure à son infécondité ». Si Astrov croit encore à la ferti-
lité, fût-elle celle du sol qui fait pousser un arbre, Vania et
Sonia n'attendent plus rien. Ni du ciel — de même qu'aucun
d'eux n'envisage le suicide, aucun n'opère le saut dans la
transcendance — ni de la terre. Ils s'attachent au rocher du
quotidien. Avec au-dessus la carte de l'Afrique... dont la chaleur rappelle, par un bizarre ricochet, Meursault. L'étranger.
Et chacun « se sent désormais assez étranger à sa propre vie
pour l'accroître et la parcourir sans la myopie de l'amant ». Il
faut les imaginer heureux.

Avec ces recherches de la mise en scène et de la critique, il semble bien que l'on soit entré dans ce
qu'Antoine Vitez, traducteur et metteur en scène de *La
Mouette*, nomme la troisième et dernière époque de l'interprétation tchékhovienne.

A. VITEZ : La mise en scène de ces pièces peut, me semble-t-il, entrer dans une troisième époque. La première époque fut de la jouer sentimental : c'est ce que firent les Pitoëff, y compris Sacha auquel je dois beaucoup. La deuxième, celle marquée par Ottomar Krejča, est de la jouer cruel. Après coup — vous savez que j'ai peu d'a priori —, j'entrevois une troisième époque, qui est de montrer Tchékhov comme un grand auteur allégorique qui passe pour un peintre de la vie quotidienne mais qui en fait paraphrase les grandes figures classiques (*Le Matin* du 21 novembre 1984).

Dramaturgie

Suggestions pour une enquête qui (re)démarre

Il n'est pas facile de gravir le massif tchékhovien par la voie directe. Le texte est tellement miné par le dispositif ironique qu'on ne saurait prétendre s'emparer de lui. Tout au plus posera-t-on quelques jalons, pour en quadriller des pans d'ombre.

On reviendra sur quelques composantes de sa dramaturgie, afin d'expliciter le sous-titre de la pièce, ces « scènes de la vie de campagne en quatre actes », ce « roman-comédie de ton lyrique », comme dit son auteur. Cette dernière expression contient bien les trois genres littéraires fondamentaux : la poésie, le théâtre, le roman. La pièce puise largement dans le lyrique, le dramatique et l'épique, en inventant un dosage qui n'appartient qu'à elle. Le texte garde un certain développement, une évolution *dramatique* avec le point culminant de l'éclat de Vania. Mais les « scènes » les plus théâtrales ne résistent pas à l'accumulation *épique* des petits riens de la vie quotidienne. On réfléchira à cet aspect d'un *théâtre du quotidien* (autant que de l'*inexprimé*) et on comparera avec des auteurs contemporains comme Vinaver, Pinter ou Kroetz. Le lyrisme du texte tient autant à sa thématique qu'au type de dialogue où dominent les silences, les demi-aveux, les brusques accès d'enthousiasme ou de désespoir.

L'étude des dialogues pourra être poursuivie en repérant autant ce qu'ils disent que ce qu'ils répriment, en imaginant ce que Stanislavski nommait le sous-texte. Dans cette écriture en creux, le texte manie la litote, il suggère plus qu'il ne dit. Tout semble fait pour déboucher sur la surprise, comme autrefois dans l'ancienne dramaturgie sur la scène à faire ou le coup de théâtre. Ce que cet auteur sait le mieux, ce n'est pas son commencement, c'est sa fin. Chaque fin d'acte apporte une surprise et se termine sur une très forte impression (passion : acte I, interdiction : acte II, violence : acte III), seul le dernier acte marque le contrepoint et le degré zéro du dramatique : la répétition, le silence, la plainte étouffée. Tchékhov bâtit ses trois dernières pièces sur le schéma arrivée/départ, dématérialisant de plus en plus ce qui passe dans l'entre-deux, n'en faisant qu'une péripétie avant la fin. L'art de la fin, c'est celui de la pointe et c'est la clef d'une dramaturgie nouvelle. « J'ai une histoire intéressante pour une comédie, mais je n'ai pas encore inventé la fin. Celui qui inventera des fins nouvelles pour les pièces ouvrira une ère nouvelle. Ces maudites fins ne viennent pas bien. Le héros doit soit se marier, soit se suicider. Il n'y a pas d'autre solution [...]. Je ne commencerai pas à écrire avant d'avoir inventé une fin aussi compliquée que le début. Quand j'aurai inventé la fin, j'écrirai la comédie en deux semaines » (à Souvorine, 1892). (Sur cette question de la pointe, voir Golomb, 1985.)

On a déjà eu l'occasion d'insister sur l'importance du temps dans la structuration de la fable. On pourra comparer les temporalités très différentes des personnages et l'incommunicabilité qui en résulte. Le professeur regrette sa gloire passée, il n'aspire qu'à la retrouver en retournant en ville. Vania sent le présent s'égrener interminablement, il est d'autant plus conscient du gâchis du temps passé. Éléna s'ennuie, n'a aucune perspective, sinon d'être, elle aussi, vieille, dans cinq ou six ans. Sonia seule est capable d'accepter le présent et l'adversité, et d'envisager l'avenir à court terme et à très long terme (dans un rêve utopique où tous « se reposeront »). Par contre, Astrov refuse à la fois le passé, le présent et l'avenir proche (les projets de mariage, par exemple). Il fuit dans un futur utopique dans cent ou deux cents ans.

Ainsi, l'étude des personnages pourra être complétée par une comparaison de leur rapport au temps, à l'espace, à l'action. Tous enfermés dans ce domaine, ils réagissent assez différemment ; ils sont analysés de manière quasi expérimentale ou clinique.

Enfin, on envisagera quelles grandes options on pourrait choisir pour une mise en scène, en s'interrogeant sur les points aveugles de l'œuvre qu'une lecture ne réussit pas à réduire. Cette réflexion dramaturgique se fera de préférence en examinant des questions très concrètes, telles que la distribution des rôles, la figuration et le symbolisme des objets comme la balançoire ou la carte d'Afrique, le mélange du tragique et du comique.

Qu'il me soit permis ici de remercier Elena Pavis-Zahradnikova et Marie-Jeanne Gorski pour leurs remarques à propos du texte russe de la pièce.

Biographie (1860-1904)

1860. 17 janvier — Naissance d'Anton Tchékhov à Taganrog, port de la mer d'Azov.
1867-1879. — Études primaires et secondaires à Taganrog dans des écoles très strictes. Il donne des leçons, fréquente le théâtre, rédige un journal

d'élèves, écrit sa première pièce, aujourd'hui perdue : *Sans père.*

1876. — Le père de Tchékhov, poursuivi pour dettes, doit fuir pour Moscou.

1879. — Tchékhov s'inscrit à la faculté de médecine de Moscou. Pour aider sa famille, il écrit dans des revues humoristiques, sous divers pseudonymes.

1880. — Première nouvelle : *Lettre d'un propriétaire du Don à son savant voisin,* dans la revue humoristique *La Cigale.*

1882. — *Platonov* est refusé par le théâtre Maly. *Sur la grand-route* est interdit par la censure.

1884. — Fin de ses études médicales. Il exerce près de Moscou. Publie son premier recueil, *Les Contes de Melpomène.*

1885. — Rencontre le peintre paysagiste Isaac Levitane.

1886. — Collabore avec la revue très conformiste *Novoïe Vremia (Temps nouveaux)* dirigée par Souvorine qui sera plus tard son éditeur. Fait paraître un second recueil de récits, *Récits bariolés.* L'écrivain Grigovitch l'encourage à poursuivre sa carrière littéraire.

Le talent : « Si une personne a du talent, il le respectera, et lui sacrifiera la paix, les femmes, le vin et la vanité » (à son frère Nikolaï, mars 1886).

« Le saint des saints est pour moi le corps humain, la santé, l'esprit, le talent, l'inspiration, l'amour et la liberté absolue » (A A.N. Plechtchéev, 4 octobre 1888).

1887. — Écrit *Ivanov,* joué non sans controverses au théâtre Korch à Moscou.

1888. — *L'Ours, Une demande en mariage.* A l'éditeur Souvorine, il écrit : « L'artiste ne doit pas être le juge de ses personnages et de ce qu'ils disent, mais seulement le témoin impartial : mon affaire est seulement d'avoir du talent, c'est-à-dire de savoir distinguer les indices importants de ceux qui sont insignifiants, de savoir mettre en lumière des personnages, parler leur langue. » Prix Pouchkine décerné par l'Académie pour *La Steppe*.

1889. Janvier — Première d'*Ivanov* à Saint-Petersbourg.

Écrit *L'Esprit des bois (Le Sauvage)* qui sera terminé en octobre. La pièce est refusée pour « manque de qualités dramatiques ». La pièce, jouée au Théâtre Abramova, en décembre, est mal accueillie par la critique. On lui reproche de « copier aveuglément la vie de tous les jours et de ne pas tenir compte des exigences de la scène ».

Tchékhov à Souvorine (4 mai 1889) : « Figurez-vous que j'ai terminé le premier acte de *L'Esprit des bois*. Ce n'est pas mal venu, bien qu'un peu long. Je me sens beaucoup plus fort qu'à l'époque où je composais *Ivanov* [...]. Ma pièce est extrêmement étrange, et je m'étonne moi-même que des choses aussi singulières sortent de ma plume. »

Tchékhov à Plechtchéev (20 septembre 1889) : « J'écris une grande comédie, genre roman, et j'en ai déjà pondu deux actes et demi... J'y montre des braves gens bien portants et à moitié sympathiques. Cela finit bien. Le ton général est lyrique d'un bout de la pièce à l'autre. »

La pièce, proposée au Théâtre Maly, est jugée trop offensante pour les professeurs et elle est refusée.

1890. — Tchékhov remanie *Le Sauvage* et cela donne *Oncle Vania* qui ne sera publié qu'en 1897. A Diaghilev, Tchékhov écrira que sa pièce date de 1890.

Voyage à travers la Sibérie jusqu'à Sakhaline où il visite les camps de forçats et recense la population. Il écrit pour *Temps nouveaux* ses *Let-*

tres de Sibérie et *L'Ile de Sakhaline* (1893). Écrit deux comédies : *Le Tragédien malgré lui* et *Une noce.*

1891. — Voyage en Italie. Publication du *Duel.*

1892. — S'installe à Melikhovo. Lutte contre la famine, soigne gratuitement les paysans les plus pauvres.

1893. — Fréquente Lika Mizinova qu'il ne se résout pas à épouser et en qui on a vu un modèle possible pour la Nina de *La Mouette.*

1894. — Second voyage en Italie et à Paris. Aggravation de son état de santé.

Au début de ces années 90, la morale tolstoïenne a cessé de le toucher : « La philosophie tolstoïenne me touchait très fort, elle a régné sur moi dix-sept ans et ce qui agissait sur moi ce n'étaient pas les protestations générales, que je connaissais auparavant, mais la manière tolstoïenne de s'exprimer, le bon sens et sans doute une sorte d'hypnotisme. Or à présent, quelque chose proteste en moi ; la prudence et le sens de la justice me disent qu'il y a dans l'électricité et la vapeur plus d'amour des hommes que dans la chasteté et le refus de manger de la viande... quoi qu'il en soit, pour moi, Tolstoï, c'est déjà fini, il n'est pas présent dans mon cœur... » (à Souvorine, 27 mars 1894).

1895. — Épisode du médaillon offert par la romancière Lydia Avilova, contenant une citation de l'œuvre de Tchékhov : « Si un jour tu as besoin de ma vie, viens et prends-la. »

Octobre-novembre. — Rédige *La Mouette.* « J'écris *La Mouette* non sans plaisir, bien que je me sente terriblement en faute quant aux conditions de la scène... C'est une comédie avec trois rôles de femmes et six rôles d'hommes. Quatre actes, un paysage (une vue sur un lac) ; beaucoup de discours sur la littérature, peu d'action, cinq tonnes d'amour » (à Souvorine, 21 novembre 1895).

1896. 6 octobre. — Échec de la première de *La Mouette* au Théâtre Alexandrinski de Pétersbourg. Tchékhov s'enfuit au milieu du deuxième acte : « Il ne me semble pas que je sois destiné à être dramaturge. Pas de chance ! Mais je ne désespère pas, car je ne cesse d'écrire des nouvelles, c'est là un domaine où je me sens plus à l'aise. Tandis que lorsque j'écris une pièce, j'éprouve une inquiétude comme si quelqu'un me poussait dans le dos. » 21 octobre. — Succès considérable de la pièce lors de la seconde représentation. Fait la connaissance de Stanislavski.

1897. — Hospitalisation. Est atteint de tuberculose pulmonaire. « Je lis Maeterlinck. J'ai lu *Les Aveugles, L'Intruse,* et je suis en train de lire "Aglavaine et Selysette". Ce sont des choses étranges et merveilleuses, ils me font grande impression et si j'avais un théâtre, je mettrai certainement en scène *Les Aveugles* » (à Souvorine).

Fondation du Théâtre d'Art à Moscou par Stanislavski et Nemirovitch-Dantchenko. Voyage en France.

1897. — Parution d'*Oncle Vania* avec *Ivanov, La Mouette* et les pièces en un acte. Les théâtres de Karkhov, Kiev, Odessa, Nijni-Novgorod la jouent. Il envisage d'en tirer un roman : « C'est seulement après l'avoir lue que je pourrai décider si sa qualité permet que j'en fasse un court roman. Pourquoi ai-je écrit des pièces et non pas de courts romans ? Tant d'intrigues intéressantes ont été irrémédiablement perdues, alors que moi je me suis couvert de honte » (à Souvorine, 7 décembre 1896).

1898. 17 décembre. — *La Mouette* est reprise avec un grand succès au Théâtre d'Art de Moscou dans la mise en scène de Stanislavski. Son associé, Nemirovitch-Dantchenko avait demandé à Tchékhov l'autorisation de monter *La Mouette* en ces termes : « Je suis prêt à répondre sur ce que vous voudrez que ces drames et ces tragédies cachés dans chaque personnage de la pièce avec une mise en scène habile, non banale, et extraordinairement consciencieuse, toucheront aussi le public » (25 mai 1898).

Le public est très ému, le succès est considérable. Le journal *Novoïe Vremia* écrit, le 18 janvier 1899, à propos de la représentation de *La Mouette* par le Théâtre d'Art : « La dramaturgie entre dans une nouvelle étape. Beaucoup de batailles avec des représentants des formes finissantes de la théâtralité imaginaire nous attendent... »

Tchékhov s'installe à Yalta.

1899. — Tchékhov assiste à une représentation de *La Mouette* : « Son visage était loin de refléter une satisfaction intense » (Stanislavski, *Ma vie dans l'art*, p. 281). « Ce n'est pas mal, ça m'a intéressé », mais « je ne pouvais croire que c'était moi l'auteur » (lettre à M. Gorki).

26 octobre. — Première d'*Oncle Vania* au Théâtre d'Art. Début de la publication des œuvres complètes chez A.F. Marks.

1900. — Tchékhov est élu à la section Belles-Lettres de l'Académie des sciences.

Avril. — Le Théâtre d'Art joue *Oncle Vania* et *La Mouette* à Sébastopol, en présence de l'auteur.

Août-décembre. — Écrit *Les Trois Sœurs*. Achève la pièce à Nice.

1901. 31 janvier. — Première des *Trois Sœurs* au Théâtre d'Art de Moscou. Grand succès.

25 mai. — Épouse l'actrice Olga Knipper.

1902. — Démissionne de l'Académie pour protester contre l'éviction de Gorki.

1903. — Commence *La Cerisaie*. Dans une lettre à
Olga Knipper où il juge ainsi les décadents et les
symbolistes qui écrivent dans le style du Treplev
de *La Mouette* : « J'ai lu *Le Monde de l'Art* où
écrivent les gens nouveaux. Il produit une
impression très vaine comme s'il était rédigé par
des lycéens en colère. »
Juin. — Son théâtre est interdit par la censure
dans le répertoire des théâtres populaires.
La Cerisaie est achevée en septembre. Nemiro-
vith-Dantchenko et Stanislavki sont enthousias-
més. Il assiste aux répétitions.

1904. — Détérioration de son état de santé.
17 janvier. — Première de *La Cerisaie,* avec Olga
Knipper dans le rôle de Ranevskaia. Tchékhov
réside à Yalta.

Voyage en Allemagne où il meurt le 2 juillet (à
Badenweiler). Il est enterré à Moscou, le 9 juillet.

Bibliographie

BANU, Georges, « Il faut imaginer Vania heureux », *La
Gazette du Français,* 1985, n° 135-136.

BENTLEY, E., « Craftsmanship in *Uncle Vania* », *Anton
Chekhov's Plays,* E. Bristow (éd.), New York, Norton,
1977.

CHESTOV, Léon, *L'Homme pris au piège,* Paris, 10/18,
1966 (1905).

EHRENBOURG, Ilya, *A la rencontre de Tchékhov,* Paris,
J. Didier, Forum, 1962.

GILLÈS, Daniel, *Tchékhov ou le spectateur désenchanté,*
Julliard, 1967.

GILLÈS, Daniel, Introduction et commentaires à l'édition
d'*Oncle Vania* et des *Trois Sœurs,* Paris, Le Livre de
Poche, 1973.

GOLOMB, Harai, "A Badenweiler View of Chechov's end(ings) : Beyond the final *Pointe*", *Proceedings of the Chekhov International Symposium*, Badenweiler, October 1985.

GOURFINKEL, Nina, *Tchékhov*, Paris, Seghers, 1966.

HRISTIĆ, Jovan, *Le Théâtre de Tchékhov*, Lausanne, L'Age d'homme, 1982.

JACKSON, Robert Louis (éd.), *Chekhov. A collection of Critical Essays*, Englewood Cliffs, Prentice-Hall, 1967.

KRYSINSKY, Wladimir et MARCUS, Jean-Claude. Dossier pédagogique pour le Centre National des Arts, Ottawa, 1983 (A propos de la mise en scène d'André Brassard dans la traduction de Michel Tremblay).

LAFFITE, Sophie, *Tchékhov par lui-même*, Paris, Le Seuil, 1955.

LAVOIE, Pierre, « *L'Idiot de la famille, Oncle Vania*. Trois productions sur un théâtre traumatique », *Jeu*, 1983, n° 28.

LEFÈVRE, Gérard, « Commentaire sur *Oncle Vania* mis en scène par Jean-Pierre Miquel », *Théâtre-Revue programme*, n° 1, Centre dramatique national de Reims, 1979.

MAGARSCHACK, David, *Chekhov the Dramatist*, London. Methuen, 1980.

MANN, Thomas, « Essai sur Tchékhov », *Esquisse de ma vie*, Paris, Gallimard, 1967 (1956).

MEYERHOLD, Vsevolod, « Lettres à Tchékhov », *Revue d'histoire du théâtre*, 1961, n° 4 (et dans *Écrits sur le théâtre*, t. 1, pp. 59-67).

MEYERHOLD, Vsevolod, « Théâtre naturaliste et théâtre d'états d'âme », 1906, *Écrits sur le théâtre*, Lausanne, L'Âge d'homme, 1973, t. 1.

PITOËFF Georges, *Notre Théâtre*, Paris, 1949.

PITOËFF, Georges et Ludmilla. Traduction d'*Oncle Vania*, *L'Avant-scène*, n° 202.

ROKEM, Freddie, *Theatrical Space in Ibsen, Chekhov and Strindberg*, Ann Arbor, UMI Press, 1986.

SCHMID, Herta, *Strukturalistische Dramentheorie*, Kronberg, 1973.

SENELICK, Laurence, *Anton Chekhov*, London, Macmillan, 1985.

SENTZ-MICHEL, Simone, « De *L'Esprit des bois* à *L'Oncle Vania* », *La Gazette du Français*, 1985, nᵒ 135-136.

Silex, nᵒ 16, « Anton Tchékhov », 1980.

STANISLAVSKI, C., *Ma vie dans l'art*, Lausanne, L'Âge d'homme, 1980.

STYAN, J.-L., *Chekhov in Performance*, Cambridge University Press, 1972.

SZONDI, Peter, *Théorie du drame moderne*, Lausanne, L'Âge d'homme, 1983 (traduction de la version allemande, parue en 1956).

Théatre en Europe, 1983, nᵒ 2.

Travail théâtral, hiver 1977, nᵒ 26 (Textes de Strehler, Krejča, Pintilié, etc.).

TRIOLET, Elsa, *L'Histoire d'Anton Tchékhov*, Paris, Éditeurs Français Réunis, 1954.

TROYAT, Henri, *Tchékhov*, Paris, Flammarion, 1984.

VALENCY, Maurice, *The Breaking String : the Plays of Anton Chekhov*, New York, Oxford University Press, 1966.

Notes

Page 17.

1. Le sous-titre de la pièce est : « Scènes de la vie de campagne en quatre actes ». Il est probablement inspiré par le titre d'une œuvre d'Alexandre Ostrovski.

Page 20.

1. Petite maison en bois de sapin.

Page 24.

1. Citation d'une satire de I. Dmitriev contre les faiseurs d'odes.

Page 26.

1. A volonté.

2. Forme très ampoulée en russe pour décrire un processus très banal (« La température du samovar a déjà considérablement baissé »).

Page 27.

1. Le russe emploie le mot *Waflia*, emprunté lui-même à l'anglais *waffle*, gaufre. Le visage grêlé, picoré de Tiéliéguine suggère sans le dire un visage « marqué par la petite vérole » (ainsi traduit G. Cannac).

2. Tiéliéguine ajoute un « s » à la fin de certains mots, ce qui connote une façon de parler affectée (et non un défaut de prononciation).

Page 28.

1. On a ici un exemple de l'ironie pince-sans-rire de Vania. L'énormité de la déclaration est comme « amortie » par les

jeux de scène qui disent la quotidienneté, sans prendre au sérieux la phrase.

Page 30.

1. Alexandre Ostrovski (1823-1886), auteur dramatique d'une cinquantaine de pièces réalistes.

Page 33.

1. Vania interrompt ses grands discours philosophiques en buvant un verre de vodka. Manière de dire que de tels discours sont souvent l'apanage d'ivrognes.

Page 37.

1. Diminutif affectueux du nom d'Éléna.

Page 38.

1. Littéralement « une grenouille sur la poitrine » *(Angina Pectoris).*

Page 42.

1. Stanislavski rapporte que Tchékhov décrivait Vania en ces termes : « C'est un homme élégant, cultivé. C'est une contrevérité de dire que nos hobereaux se promènent avec des bottes qui puent la graisse » *(Ma vie dans l'art,* p. 291).

Page 45.

1. Manière affectée de parler. *Cf.* note n° 2, p. 27.
2. Extrait d'une chanson populaire.

Page 47.

1. Jeu de mots en russe sur *idjot* (il va) et *idijot* (idiot). La prononciation de l'assistant connote un accent argotique et vulgaire.
2. Ceci n'est pas une citation dans le texte russe, mais suggère bien en effet une expression toute faite comme « s'entendre comme deux larrons en foire ».

Page 54.

1. Le russe emploie l'expression allemande *Bruderschaft,* littéralement : « buvons à notre fraternité ».

Page 55.

1. Le terme de talent revient dès que les personnages veulent
donner une appréciation positive, sans savoir exactement comment la formuler. *Cf.* aussi Vania (p. 84).

Page 58.

1. Allusion possible aux romanciers populistes, à Tolstoï
notamment.

2. Le terme russe de *koldounia* désigne une ensorceleuse, une
magicienne, voire une sirène *(Russalka),* terme employé par
Vania, un peu plus loin.

Page 59.

1. Génie des eaux... Astrov est, on s'en souvient — c'est le
titre de *Liechy* —, un génie (ou un esprit) des bois. D'où l'effet
ironique et l'attirance « naturelle » d'Éléna et Astrov.

Page 69.

1. Citation empruntée au *Révizor* de Gogol. La citation
exacte est : « Je vous ai réunis, Messieurs, pour vous annoncer... le Révizor arrive. »

Page 70.

1. « Une même nuit nous attend tous. » Citation latine
d'Horace.

Page 72.

1. Au sens de : je n'interprétais pas ces lois « comme si elles
avaient été écrites par des tricheurs » (traduction de Michel
Tremblay).

Page 82.

1. Kharkov est souvent employé par Tchékhov pour suggérer
une ville de la province russe où règne l'ennui, en aucun cas
une grande ville comme Moscou.

2. Aïvazovski (1817-1900), peintre russe connu pour ses paysages marins et ses batailles navales.

Page 83.

1. Astrov répond de manière affectée et parodique, en ajoutant un « s » après certains mots (*Cf.* note n° 2, p. 27).

Page 90.

1. Ce qui paraît ici un proverbe n'est pas entre guillemets dans le texte russe.

Page 91.

1. Célèbre formule : *Nado delo delat* : « Il faut faire quelque chose », « être actif », « accomplir sa tâche ou son œuvre ». Maria Vassilièvna emploie plus haut une formule semblable pour signifier à Vania qu'il aurait dû faire son œuvre (p. 28).
2. Littéralement : « Même un gâteau ne le retiendrait pas », « Rien ne pourrait plus le faire revenir ici » (traduction de M. Tremblay).

Page 93.

1. De nouveau, cette forme affectée, qui sert ici de fonction phatique (dire quelque chose à tout prix).

Page 95.

1. Le russe *my otdokhniom,* littéralement : « Nous soufflerons », est lié au terme employé au début par les personnages pour exprimer qu'ils étouffent *(dushno)* (p. 19).

Table

Table 156

Crédits photos

Viollet-Lipnitzki, pp. 11, 29.
Bernand, pp. 49, 77.
Enguerand, pp. 71, 105.

Achevé d'imprimer en septembre 2007 en France sur Presse Offset par

CPI
Brodard & Taupin
La Flèche (Sarthe).
N° d'imprimeur : 42029 – N° d'éditeur : 89818
Dépôt légal 1re publication : octobre 1986
Édition 08 – septembre 2007
LIBRAIRIE GÉNÉRALE FRANÇAISE – 31, rue de Fleurus – 75278 Paris cedex 06.